된 놈들의
글쓰기 법칙

된 놈들의 글쓰기 법칙

초판 1쇄 인쇄 | 2017년 11월 27일
초판 1쇄 발행 | 2017년 11월 27일

지은이 | 이장우
펴낸이 | 이장우
펴낸곳 | 꿈공장
주 소 | 경기도 파주시 회동길 301, 105동 101호 (문발동, 헤르만하우스)
전 화 | 010-9180-4213
팩 스 | 031-624-4527
E-mail | dreambooks.ceo@daum.net
홈페이지 | www.dreambooks.kr
편집디자인 | 한국학술정보(주)
인   쇄 | 한국학술정보(주)
등록일자 | 제 406-2017-000138 호

ISBN | 979-11-962192-1-5(03800)
정 가 | 15,000원

된 놈들의 글쓰기 법칙

마침내, 최강의 글쓰기 비법을 만나다!

글 이장우

꿈 공장

우리가 이글을 주목해야 되는 이유

예로부터 동양의 정치 전통에서는 군주가 의사소통의 대가가
되기를 기대해 왔다.

상서에서는 군주가 의사소통에서 필수로 갖추어야할 다섯 가
지 기본자세를 이렇게 나열했다.

표정과 몸가짐은 공손해야 하고, 말은 이치에 따라야 하며, 바
라봄에 명석함이 있어야하고, 들음에는 총명해야 하며, 생각함
에 있어 세세한 곳까지 깊이가 있어야 한다고 했다.

표정과 몸가짐이 공손하면 누구든지 엄숙하고 정숙해지고, 말
이 도리에 맞으면 의견에 조리가 있게 되며, 보는 것이 밝으면 사
물을 명석하게 이해하게 된다. 또한 듣는 것이 총명하면 일을 잘
진행할 수 있고, 생각이 세세한 곳까지 미치면 모든 것이 통하여
성인처럼 훌륭한 군주가 될 수 있다는 것이다.

우리의 보는 일, 듣는 일, 생각하는 일이 말과 행동으로 표현
된다는 게 얼마나 중요한지 알아야 할 때다.

요즘 우리나라 정치는 소통의 정치, 대화 대한민국이라는 표
어로 적지 않은 변화가 이루어지고 있다. 오래전부터 상서에 나
열된 군주의 덕을 현대사회에 들어서야 실현하려고 노력하는
까닭은 무엇일까? 사람의 감정을 이해하고 대화를 통해 어루만

지는 일이 말과 행동으로 표현되는 것의 중요함을 알아가기 때문이다. 말로 공감을 얻는 것도 물론 좋지만 내가 강조하고 싶은 건 진정한 어루만짐은 글을 통한 위로가 아닐까 생각해 본다.

글은 살아있다. 사람을 통해 말로써 감정을 전달 받는 것은 살아있는 상태일 때 가능하다. 마찬가지로 살아있는 감정이 고스란히 담긴 글을 통해 소통을 하게 되면 더 깊은 생각과 각자의 공감으로 위로와 깨달음을 느낄 수 있을 것이다.

이처럼 살아있는 글은 누구나 쓸 수 있는 것인데 우리는 흔한 착각에 사로잡혀 있는지 모른다. 배움이 많아 지식이 많은 '든 사람'이나 글쓰기에 남다른 소질이 있는 '난 사람'만이 글을 쓸 수 있다는 착각 말이다.

꼭 든 사람, 난 사람만이 글을 쓸 수 있는 것일까? 나는 누구나 글을 쓸 수 있지만 아무나 쓸 수 있는 건 아니라고 생각한다. 글은 사람의 마음을 위로하고 더 나은 경험으로 안내해 주는 이정표와도 같다. 어느 누구나 자신만이 가진 경험이 있고 쓰라린 아픔이 있으며 그것을 통한 깨달음이 있다. 상서에 나오는 군주에 다섯 가지 덕을 갖춘 사람은 어찌 보면 우리 주위에서 흔히 볼 수 있는 이웃일지 모른다. 그 이웃들은 그저 군주보다도 더 겸손하게 우리 주위 곳곳에 있다. 이 분들이야 말로 '된 사람'이라 칭하고 싶다.

이제, 펜을 잡자! 글쓰기의 시대가 왔다. 자기 생각을 표현하지 못 하면 어디서든 인정받기 어려운 시대가 왔다. 말은 휘발성이 강해 어느 순간 잊혀 지지만, 글은 역사로 영원히 남는다. 특히 진심으로 마음을 어루만지는 글은 더 오랫동안 남기 마련이다.

글쓰기의 법칙을 통하여 소통의 장에 도전한다면 성공해서 글을 쓴 사람이 아니라 글로인해 진정 성공한 사람이 될 수 있다.

유대인들은 어느 자리 어디에서나 항상 질문하고, 대답하는 문화를 가지고 있다. 토론을 하면서 지혜를 나누는 '하브루타'는 내가 하고 싶은 말이 무엇인지, 나의 생각은 어떤지를 먼저 궁금해 하고 찾아가는 대화 방식이다.

글쓰기의 법칙에서는 대화로 시작된 말이 깊은 생각으로 이어지고, 이 미세한 생각은 다시 소통으로 이루어지는 순 순환의 상호작용으로 이어져 끝임없는 이야깃거리가 흘러나오게 됨을 알 수 있다. 나만의 생각을 찾아 글로 표현하게 하는 새로운 지름길을 이 책에서 제시하고 있다.

글에는 격이 있다. 공중에 떠도는 흔한 글부터 저명한 인사의 글까지 모두 나름대로의 격이 있다. 당신의 글이 어느 정도의 격에 머무르게 될 것인지 고민해 보고, 이 책을 통하여 글쓰기에 자신감과 품격 있는 방향을 찾아보았으면 한다.

차례

된 놈※들의 글쓰기 법칙

프롤로그

당신의 글쓰기에 격을 높여라!

CHAPTER 01

모든 것은
말에서 시작된다

말보다 앞서는 것이 있을까?

우리는 글쓰기의 전성시대에 살고 있다고 해도 과언이 아니다. 유행이 모두 좋은 것은 아니지만, 글쓰기 열풍은 권장할 만하다고 생각한다.

언어는 글보다 말이 먼저다. 어느 누구도 말보다 글을 먼저 배우는 사람은 없다. 태어나면서부터 부모님을 따라 말을 배운다. 새 하드 디스크와 같은 아기 뇌에 영어를 입력하면 영어를 따라 배우고, 한국어를 입력하면 한국어를 배우게 된다. 어떤 환경에 놓여 있느냐는 언어 학습에 필수 조건이다. 말은 그 사람이 쓰는 글이 되며, 나아가 글은 인간의 생각을 지배하게 된다.

이처럼 중요한 말. 말은 소통을 함에 있어 가장 중요한 도구임은 두말 할 필요가 없다. 관계의 시작은 말로 시작된다. 문제 해결의 실마리 또한 서로 말을 섞는 것에서 출발한다. 인간이 동물과 다른 것은 언어를 사용한다는 것이다. 언어의 사용은 인간 세계를 자의, 역사, 사회, 규칙, 창조로 구분 짓고 발전시켰다. 역사와 창조는 인간만이 가진 언어의 특성이고, 우리는 그 틈에서 자유를 누렸다.

그렇다면 우리는 그동안 어떤 시대를 살아왔을까? 우리사회는 '침묵은 금이다.'라는 악습으로 인해 알면서도 말하지 않는 것을 미덕으로 여겼다. 빈 수레가 요란하다며 과묵을 치켜세웠다. '수직적인 사회문화' 덕에 할 말이 있어도 꾹 참아야 했다. 질문하는 것을 권하지도 않았다. 더 이전에는 '말이 많은 사람은 간첩일 수 있다.'는 말도 있었다. 이렇게 우리는 말의 자유가 없는 사회에서 허덕였으며 그 결과 듣는 것에도 크고 작은 문제가 생겼다. 자유로운 의사 표현을 주저하게 되고 글쓰기를 두려워하는 분위기가 자연스레 형성되었다. 인간에게 자유란 남에게 피해를 주지 않는 선에서 외부의 구속에 얽매이지 아니하고 자기 마음대로 생각하고 표현하는 것이다. 기본적인 자유를 누리지 못한 채 억압된 삶을 산다면 인간다운 삶을 산다고 할 수 있을까?

4차 산업혁명을 앞두고 있는 지금은 지식정보, 개인미디어 시대다. 소통은 자연스럽고 당연한 일이 되었다. 대화와 토론 없이는 자연스러운 일의 흐름이 불가능하다. 독재로 대변되는 6~80

년대 시대는 강한 1인 지도자가 대접받았다. 리더의 의지에 모든 시스템과 인력이 맞춰졌던 시대. 하지만 90년대 이후 우리나라도 소통하는 리더가 조금씩 자리를 잡게 된다. 대화와 토론이 가능하고, 비전 제시를 할 줄 알며, 유연한 사고를 지닌 리더들이 속속 등장했다. 사람들의 기대 또한 높아졌다.

지난 19대 대선에서는 후보들이 여느 선거와는 다르게 국민들과의 소통에 힘을 많이 기울였다. 직접 찾아가 이야기를 나누는 고전 방식의 일대일 소통은 물론이고, SNS와 같은 온라인 소통도 매우 중요한 전략 요소로 생각했다. 이제는 소통을 못 하거나 하지 않는 사람은 리더 자리에 오래 앉아 있지 못한다. 국민들의 눈은 예전과 비교할 수 없을 만큼 높아졌다.

말은 글로 옮겨지고 글은 생각으로부터 표현된다. 누군가 어떤 생각을 하는지 궁금하다면 그 사람이 하는 말을 들어보면 알 수 있다. 결국 인간의 행동을 지배하게 하는 말은 인간의 기본이고 기초인 것이다. 글은 말에서 나온다. 이제는 당신의 말에 그리고 글에 격을 높일 때이다. 지금까지 내가 써온 말과 글을 되돌아보자. 앞으로 어떤 말과 글로 당신을 표현할지 생각해 볼 때다.

CHAPTER 02

잘 듣기 그리고
많이 말하기

모든 것에는 양면이 존재한다.

 좋은 면, 혹은 나쁜 면만 가지고 있는 것은 없다. 때와 장소, 상황에 따라 좋고 싫음의 판단이 다르게 표출된다. 말도 마찬가지다. 말은 무조건 적게 할수록 좋다고 주장하는 사람이 있는가 하면 그 반대의 의견도 존재한다. 나는 말을 많이 하는 습관을 가지는 것이 글쓰기에 좋은 도움이 된다고 생각한다. 소통을 원활하게 하는 것에도 도움이 됨은 물론이다. 그렇다면 무작정 말을 많이 하 는 것이 정답일까? 그렇지 않다. 의미 없는 말은 공허할 뿐이다. 말을 하기 전에 먼저 생각해보면 좋을 것들을 알아보자.

 첫째, '내 말의 앞뒤가 맞는가?' 내 주장을 펼침에 있어 앞뒤가 맞지 않으면 설득력이 없어진다. 말을 잘 하는 것 이상으로 듣는 사람이 고개를 갸우뚱하지 않게 만드는 것이 중요하다.

둘째, 말과 행동이 같아야 한다. 말만 앞세우는 사람은 보통 자신을 과대 포장한 경우가 많다. 상대방에게 자신을 포장하고 약속을 부풀린다. 그렇게 되면 점점 더 말과 일치하는 행동을 하기 버거워진다.

마지막으로 재미. 꼭 웃기는 말을 뜻하는 것이 아니다. 작은 웃음이 오가는 이야기는 분위기를 좋게 만든다. 재미가 없는 말하기는 아는 것이 많은 선생님에게 아이들이 지루함을 느끼는 것과 같다.

한 문화센터에서 '독서토론'수업을 들었다. 수업은 강좌 이름처럼 토론형식으로 진행되었다. 지정 된 책을 읽고 그에 대한 생각을 토론하는 방식이었다. 책을 읽고 난 후의 감정과 생각은 저마다 다르다. 같은 책을 읽고 다수가 토론이 가능한 이유는 모두 같은 생각과 감정을 가지고 있지 않기 때문이다. 안톤 체호프의 단편소설 중 수작으로 꼽는《개를 데리고 다니는 여인》을 읽고 토론이 벌어졌다. 참석자들은 주인공의 '불륜'에 대한 저마다의 생각을 얘기했다. 모든 생각은 나름의 이유를 가지고 있기에 정답이 없는 자유토론이다. 토론의 규칙은 간단했다.

㉠ 상대의 의견을 진심으로 대한다.

㉡ 의견이 같을 경우 맞장구를 쳐준다.

㉢ 의견이 다를 경우라도 '그것은 아니다, 틀렸다'라고 말하지 않는다.

㉣ 상대의 말을 끊지 않는다.

㉤ 말하고 싶은 만큼 많이 듣는다.

나는《개를 데리고 다니는 여인》에서 주인공의 불륜이 이해가 된다고 말했다. 진정한 사랑을 느끼지 못한 채 사는 것만큼 불행한 것이 없다고 생각했기 때문이다. 하지만 다른 의견도 있었다. 의견은 결국 반으로 나뉘었다. 5가지 원칙을 지킬 것을 약속하고 토론에 들어가니 다른 의견이라 해도 다툴 일이 없었다. 토론 시간은 무척이나 의미 있었다. '아 이런 생각도 가능하구나.'하며 입이 벌어지기도 했다.

토론은 그런 것이다. 내 주장만이 절대적인 진리라 생각하지 않는다면 토론에서 나오는 모든 의견들은 다 그 자체로 의미가 있으며 미처 깨닫지 못한 신선한 생각들도 서로 알 수 있다. 열린 마음으로 치열하게 토론할수록 말하기, 글쓰기, 듣기의 능력을 향상 시킬 수 있는 자양분이 되어준다. 나와 생각이 다른 사람의 의견을 들어도 마음이 편안할 수 있을까? 인간은 나와 생각이 같으면 본능적으로 편안함을 느끼고 그렇지 않으면 위기, 불안, 짜증을 느낀다. 하지만 그런 본능을 제거한 토론을 하게 되면 그런 감정을 느낄 틈이 없다. 내 생각을 말하는 기회임과 동시에 듣고 이해하며 받아들이는 자리가 바로 토론이기 때문이다. 존 스튜어트 밀은《자유론》에서 타인의 다른 의견을 반드시 존중해야 하는 이유를 제시한다. '옳지 않다고 생각되는 의견을 말할 자유를 주어야 한다. 그래야 옳은 의견이 확실하게 옳다는 확신을 가질 수 있기 때문이다.'

어느 다큐멘터리를 보니 우리나라가 유독 다른 나라에 비해 글쓰기를 두려워한다고 한다. 바로 이 듣기와 말하기가 자연스럽지 않기 때문이다.

글쓰기는 결국 잘 듣는 것에서부터 시작한다. 내 생각이 분명하게 있다면 최대한 다른 생각을 들어보는 것이 좋다. 그만큼 공감하고 이해하는 속에서 더 발전할 수 있다. 많이 들어야 말을 잘할 수 있다. 말을 잘하면 그 만큼 좋은 글이 나오는 것은 자연스러운 일이다.

글쓰는 일은 좋은 것이다. 애정을 가지고 그 일을
좋아한다고 생각하며 매진하라. 글쓰는 일은 쉽고
재미있는 일이다. 일종의 특권이다. 허영심과 실패에
대한 두려움을 제외한다면 어려울 것이 없는 일이다.

- 브렌다 올랜드

CHAPTER 03

말 잘하는 사람이
글도 잘 쓴다

주변엔 유달리 말을 잘하는 사람들이 있다.

어느 자리에서나 분위기를 이끄는 것은 물론이고, 말이 쏙쏙 귀에 들어오게 한다. 그런가하면 자기가 맡은 일에는 그럭저럭 말하는 사람이 사적인 자리에서는 분위기를 잘 타지 못하는 경우도 있다. 물론 타고난 능력이 많은 부분을 차지하겠지만 노력을 통해 얼마든지 이겨낼 수 있는 부분이기도 한 것이 말하는 능력이다.

말을 잘 한다는 소리를 듣는 나도 어려서는 어떤 압박 때문에 말을 잘 안한 때가 있었다. 말을 잘하는 사람에게는 어떤 특징이 있을까? 가장 중요한 것은 바로 자신감이다. 억압받고 주눅 들게 하는 환경 속에서 말을 잘하기란 생각처럼 쉽지 않다. 밝게 자란

아이가 앞에 나가 반장도 하고 학생회장도 하는 이유는 자유로운 말하기 환경이 뒷받침되었기 때문일 수도 있다. 또한 많은 양의 독서와 풍부한 경험도 도움이 된다. 풀어놓을 이야기보따리가 많으면, 말을 할 때 머뭇거림이 없게 된다.

재래시장에서 볼 수 있는 '약장수'처럼 사람 혼을 쏙 빼놓을 만큼 유창한 말을 해야 하는 것은 아니다. 청산유수처럼 말을 잘 하지 못해도 맥을 콕콕 짚어가며 말하는 사람, 다소 어눌해 보이지만 자신의 의견을 분명히 말하는 사람도 말을 잘하는 사람에 속할 수 있다. 이런 말솜씨를 위해서는 자신감, 독서 그리고 경험이 필요하다.

Larry King이 쓴 《대화의 신》에는 '말 잘하는 사람들의 8가지 특징'이 나온다.

첫째, 익숙한 주제라 할지라도 '새로운 시각'으로 사물을 다른 관점에서 바라본다.

둘째, '폭넓은 시야'를 통해 일상의 다양한 논점과 경험에 대해 생각하고 말한다.

셋째, 열정적으로 자신의 일을 설명한다.

넷째, 언제나 '자기 자신'에 대해서만 말하려 하지 않는다.

다섯째, 넘치는 호기심으로 궁금한 일에 대해서는 '왜'라는 질문 던지는 것을 서슴지 않는다.

여섯째, 상대에게 공감을 나타내고 상대의 입장이 되어 말할 줄 안다.

일곱째, 유머가 있어 스스로에 대한 농담도 주저하지 않는다.

여덟째, '자신만의 스타일'로 말한다.

위 여덟 가지 말 잘하는 특징을 묶어보면, 이런 특징을 가진 사람은 당연히 자신을 표현하는 것에 주저함이 없어 보인다. 글도 잘 쓸 수밖에 없다. 말과 글은 따로 떨어져 있지 않다.

수년 전, 만나던 여자 친구와 다툰 적이 있다. 오랫동안 쌓인 문제라 가슴에 답답함이 가득 차 있었다. '어떻게 해결해야 할까?' 생각 끝에 나는 말보다 글로 생각을 전하고자 했다. 남을 설득시키고자 하는 마음으로 글을 쓰려 하니 글에 힘이 들어가고 군더더기가 붙었다. 말이 매끄럽지 않고 설득력이 떨어져보였다. 고민 끝 찾은 답은 말하듯 쓰는 것이었다. 앞에 앉혀놓고 차분히 말을 한다고 생각하며 대화하듯 써내려갔다. 아름답게 꾸미는 말도 쓰지 않았다. 느낀 그대로 썼다. 위에 언급한 8가지 특징과도 같았다. 상대가 공감할 수 있도록 쓰려했고, 다른 의견이 있을 것이라 미리 인정하며 글을 썼다. 평소처럼 간간히 유머를 섞기도 했다. 며칠 후 편지를 읽은 그녀가 내게 말했다.

"글 잘 쓰네?"

문제 해결의 실마리를 찾은 느낌이었다. 글은 말에서 나온다는 것이 틀리지 않았음을 확인하는 순간이기도 했다.

'말'을 잘하는 것과 '글'을 잘 쓰는 것은 별개의 영역이라 주장하는 사람도 있다. 두 경우 모두 절대적으로 선천적인 능력이 필요하다고도 말한다. 글은 생각의 영역이고, 말은 기술의 영역이라고 여긴다. 하지만 말과 글에는 공통점이 제법 많다. 말과 글은 모두 생각의 결과다. 생각 없이 글을 쓸 수도, 말을 할 수도 없음을 알아야 한다. 다만 경험의 차이, 구조, 깊이의 차이가 있을 뿐이다. 말을 '잘'하자. 내가 내뱉는 말에 신경을 조금만 기울인다면 상대에게 전달되는 말과 글의 격이 확실히 높아질 것이다.

미루겠다는 것은 쓰지 않겠다는 것이다.

- 테드 쿠저

CHAPTER 04

말과 글은
시작이 전부다

요즘 노래에는 두드러진 특징이 있다.

전주가 짧다는 것이다. 심지어 전주 없이 바로 노래가 시작되는 곡들도 있다. 노래에 대한 임팩트(impact)를 더 주기 위해서가 아닐까?

말도 글도 첫 마디를 던질 때, 이 '처음'을 어떻게 시작하느냐에 생명이 달렸다고 할 수 있다. 처음이 지루하면 듣는 이는 떠난다. 이유는? 재미없으니까. 끌어당기는 힘이 있어야 한다. 그 이후가 궁금하도록 만들어야 한다. 그래야 내가 전하고자 하는 내용을 온전히 전달하고 원하는 반응도 이끌어 낼 수 있다.

사람들은 말과 글을 시작하는 순간을 어려워한다. 시작을 쉽게 던지지 못한다. 왜 그럴까? 가장 큰 이유는 '남의 눈을 의식'하기 때문이다. '내가 이 말을 하면 사람들이 비웃진 않을까?', '내 말이 틀렸다고 바로 지적이 들어오면 어쩌지?'하는 걱정들로 머릿속을 채우게 되면 한마디도, 한글자도 내뱉을 수 없다. 남의 눈을 의식하는 이유는 내 수준을 높게 설정했기 때문이다. '나정도 되면 좀 더 멋진 말, 더 신선한 말을 해야 해.' 그럴 필요가 없다. 인기 있는 라디오 방송 디제이(DJ)들의 오프닝 멘트를 들어보면 거창한 말 보다는 생활 이야기로 공감을 이끌어 내는 경우가 대부분이다. 그렇게 친근하게. 어깨에 힘을 빼고 시작해야 한다.

나는 회사원 시절 연말 회식자리 사회를 5년간 맡았다. 한 해를 정리하는 자리. 모두들 들뜬 마음으로 참석하는 자리라 행사에 대한 관심이 눈빛에서부터 뿜어져 나온다. 그 마음을 너무나 잘 알고 있기에 사회를 재미있고 즐겁게 봐야 한다는 압박이 상당했다. 하지만 며칠을 생각해도 좋은 진행 방법은 떠오르지 않았다. 결국 나는 부담을 내려놓고 별다른 준비 없이 사회를 봤다. 결과는 어땠을까? 맨 처음 사회를 봤을 때를 떠올려본다.

"안녕하세요. 사랑하는 동료 여러분. 사실 사회자를 선정할 때 후보에 오른 분들이 몇 분 있었습니다. 모두들 부끄럽다고 하시기에 제가 자원했습니다. 잘했죠? 오늘 제가 '가족오락관' 보다 더 신나고 재미있게 진행해 보겠습니다. 안 도와주시면 준비해둔 어마

무시한 상품은 제가 퇴근길에 다 싣고 가겠습니다."

첫 반응은 너무나 좋았다. 당당하게 사회를 맡은 이유와 상품으로 미끼를 던지니 반응을 바로 끌어낼 수 있었다. 또한 분위기를 끌어 올리는 방법으로 회사 고위 관계자를 적당한 선에서 약 올리며 웃음의 소재로 삼기도 했다. 물론 내 회사 생활을 위해 적당한 선에서 멈추는 센스는 꼭 필요하다. 그렇게 시작된 사회자 겸업은 5년간 이어졌다. 부담을 덜어내고 최대한 편하게 말하기. 그것이 핵심이었다.

그렇다면 말과 글의 시작은 어떻게 해야 하는 것일까? 위의 예시처럼 생활 속에서 공감할 수 있는 문장으로 시작하면 된다. 그래도 어렵게 느껴지는 분들을 위해 8가지 방법을 소개해본다.

첫째, 사회적인 분위기로 시작한다. 요즘 사회에서 사람들 입에 자주 오르내리는 사건으로 시작하면 간단하다. 예를 들어, "요즘 여중생 폭행 사건으로 온 나라가 떠들썩하다. 굳이 자식을 키우고 있지 않아도 모두가 교육의 근본적인 문제에 대해 다시 생각해보고 토론을 해야 한다는 목소리가 커지고 있다." 주제는 무거워도 이야기는 가볍게 던진다.

둘째, 질문으로 시작한다. 상대방에게 질문을 던지며 가볍게 이야기를 이끌어 간다. "여러분들은 조기 유학에 대해 어떻게 생각하시나요? 한국 사회에서 살아내기가 갈수록 어려워지는 요즘, 조금이라도 더 잘되기를 바라는 부모의 마음이 이런 현상을 가지고 온 것이 아닌가 합니다." 이렇게 질문으로 시작하면 청중들에게 생각과 관심을 유도하는 효과를 얻을 수 있다.

셋째, 통계자료를 제시하며 시작한다. 이것은 우리가 처해 있는 상황을 수치로 나타내줌으로 문제 제기와 동시에 근거 자료가 될 수 있다. "보는 바와 같이 지난달 청년 실업률이 9.4%로 8월 기준으로는 외환위기 직후인 1999년 이후 최고치를 기록했다." 자료는 당연히 정확한 것이어야 한다.

넷째, 명언으로 시작한다. 유명한 이야기로 시작하면 한결 시작이 쉽다. "터키 격언 중에 '인간은 자기가 쓰러진 곳에서 일어난다.'는 말이 있다. 그렇다. 우리는 무수히 많은 실패와 좌절을 겪는다. 그렇다고 마냥 주저앉아 있을 수는 없다. 쓰러진 바로 그곳에서 다시 일어나 도전하자." 명언, 격언은 내가 하는 말의 신뢰를 뒷받침 해주기도 한다.

다섯째, 일상 경험으로 시작한다. "2017 파주 북소리 행사가 지난 금요일부터 일요일까지 출판도시에서 열렸다. 책을 좋아하는 나에게는 여러 정보를 얻을 수 있는 귀한 시간이었다."

여섯째, 내 이야기의 유익함을 강조한다. 내 이야기를 들으면 당신이 지금 겪고 있는 문제를 해결해 줄 수 있다는 긍정의 메시지를 건넨다. 이를테면, "지금부터 하는 이야기는 실패를 겪은 사람들에게 강력한 희망을 주는 내용을 담고 있다. 끝까지 듣는다면 이전과는 다른 당신을 발견하게 될 것이다."

일곱째, 현재 내 상황으로 시작한다. 특별한 것 없는 내 상황. "내 나이는 마흔을 넘었다. 흔히 '불혹(不惑)'이라 불리는. 유혹에 흔들리지 않는 나이라고 하지만 여전히 나를 유혹하는 것은 세상에 너무 많다. 그만큼 나는 하고 싶은 일들이 많다."

마지막 여덟 번째, 보편적인 사람들의 바램으로 시작해본다. "모든 사람들은 성공한 인생을 꿈꾼다. 하지만 말로는 성공을 외치지만 실제로는 실패를 향해 전력으로 질주한다. 이유가 무엇일까?"

'하고 싶은 이야기를 너무 과대 포장하는 것은 아닐까?'하는 생각이 들 때가 있다. 하지만 내가 들려주고 싶은 이야기는 이미 준비되어있고, 사람들은 그 이야기를 듣기 위해 내 앞에 있다. 얼마나 많은 사람들이 공감을 하느냐 문제는 잠시 미뤄두자. 일단 사람들의 머릿속에 내 이야기가 쏙쏙 전달되도록 하는 것이 중요하다.

주의해야 할 점도 있다. 첫마디가 중요하다고 해서 길게 풀어 지루하게 만들면 안 된다. 첫 마디는 내 앞에 마주한 사람들을 유혹하는 말과 글이어야 하지만 말이 길어지면 정작 내가 하고 싶은 이야기와는 다른 방향으로 흘러 갈 수 있기 때문이다. 유혹은 짧고 강렬하게 하자. 만약 글로 표현을 해야 한다면, '문장은 우리나라 표준이라 할 수 있는 50자 이내로 깔끔하게.', '한 문장에는 한 가지 개념만을 넣어 이해가 빠르도록.', '문장 구조는 되도록 단순하게.' 로 정의해두면 좋다.

첫마디는 중요하지만 너무 고민하지 말자. 고민하면 할수록 더 어려워지는 것이 글과 말이다. 어차피 본론으로 들어가면 더 자세하고 정확하게 전달해야 하므로 처음 던지는 말에는 힘을 빼고 가볍게 '툭툭' 던진다면 이야기 풀기가 훨씬 쉽다고 느낄 것이다.

글을 쓸 때뿐만이 아니라 진지하게 독서를 할 때도 고요한 곳으로 가야 한다. 그곳은 사실 분별 있는 결정을 내릴 수 있는 곳, 통제할 수 없는 무서운 세상에 적극적으로 참여할 수 있는 곳이다.

- 조너선 프랜슨

CHAPTER 05

우리가 써온
말과 글

좋은 글을 쓰기 위해서는 무엇이 필요할까?

유식함? 자랑거리? 나는 '바른 글쓰기'라고 생각한다. '착한 내용'이 아닌, 바른 글쓰기가 격을 높여주는 것이다.

우리말과 글을 잘 알기 위해서는 지금까지 써왔던 말과 글에 대해 살펴볼 필요가 있다. 우리나라는 예로부터 한자어(중국글자말)를 써야 배운 사람, 양반으로 인정받았다. 우리 한글은 '언문'이라며 계급이 낮은 사람이나 쓰는 글로 취급했다. 지금은 좀 나아졌을까? 우리 역사는 말과 글이 따로 나누어진 삶을 살았다. 우리가 입으로 내뱉는 말을 그대로 글자로 적을 수 있음에도 남의 나라 글자를 써왔다.

한글날 특집 다큐멘터리에서 한 학자는 우리나라말이 뛰어난 여러 이유 중 하나로 '전달 명확'을 들었다. 한글로 적힌 단어나 문장을 백 명이면 백 명 다 똑같이 읽을 수 있다는 것이다. 자음과 모음만 알면 어느 글자로 읽을 수 있고 발음도 똑같이 한다. 우리 말로하면 전달하지 못할 말이 없다. 심지어 인도네시아 중부 술라웨시주 부톤 섬 바우바우 시의 찌아찌아 족은 우리 한글을 공식 문자로도 사용하고 있다. 수백 년 동안 찌아찌아 족의 언어를 기록할 만한 언어가 말하는 대로 쓸 수 있는 한글이 유일했기 때문이다. 이처럼 멋진 우리말을 두고 우리는 중국글자말 쓰기에 앞장섰던 것이다. 이와 같은 이유는 우리 선조들이 그들을 형님으로 여기고 그들의 글을 숭배했기 때문이라고 볼 수밖에 없다. 이오덕 선생의 《우리 글 바로 쓰기 3》에서 발췌한 부분을 보자.

중국 글자로만 쓴 글
鷄子新生小似拳 嫩黃毛色絶堪憐
誰言弱女糜虛祿 堅坐中庭看嚇鳶
뜻은 고사하고 읽지도 못하겠다. 일단 우리 말로 하면 이렇게 된다.

계자신생소사권 눈황모색절감련
수언약녀미허록 견좌중정간하연
다시 써도 무슨 말인지 도통 알 수가 없다. 이것은 다산 정약용의 한문시다. 다산 같은 학자도 우리 말과 우리 글을 쓰지 못했다는 것이 안타깝다.

다음은 우리 글자와 중국글자를 섞어서 쓴 글이다.

蒼天에 太陽이 빛나고 大地에 淸風이 불도다. 山靜水流하며 草木昌茂하며 百花爛發하며 鳶飛魚躍하니 萬物 사이에 生命과 榮光이 充滿하도다. 〈동아일보〉 창간사 중.

이와 같이 중국글자말을 쓴 글을 우리는 불과 얼마 전까지도 신문 등에서 볼 수 있었다. 한자를 잘 모르는 사람들에게는 그 뜻을 이해하기가 여간 힘든 것이 아니다. '빛나고', '불도다', '사이' 만이 우리말일 뿐이다. 몇 번을 읽어도 무슨 뜻인지 알 수 없는 외래어 섞인 글이 우리 주변에는 너무도 많다. 책 후반부에 다시 이야기를 꺼내겠지만 우리 글의 파괴는 이것보다 더욱 심각하다. 중국글자말 뿐 아니라 일본말, 서양말이 우리 말과 생각을 지배하고 있다는 생각이 든다. 하지만 이런 글은 지금도 없어지지 않았다. 스스로 박식하다고 생각하는 사람들이 이런 글을 많이 쓴다. 다시 한 번 강조하지만 지식이 많음을 강조하기 위해 남들이 잘 알아듣지 못할 말을 쓰는 것은 좋은 태도도 아닐 뿐만 아니라 지식을 전달하기 위한 수단으로도 최악이라고 할 수 있다.

– 《우리 글 바로 쓰기3》 가운데

내가 강조하는 것은 무조건 중국말 등의 남의 말을 모두 순 우리말로 바꾸자는 것이 아니다. 그렇게 할 수도 없다. 하지만 의미전달이 더욱 확실하고 꼭 쓰지 않아도 되는 말이 있다면 과거의 굳어진 관행이라 해도 바꾸어 나갈 필요가 있다는 것을 말하고 싶다. 앞 뒤 문맥을 읽어야 비로소 이해가 되는 한자어 대신 우리 한글로 글을 쓰면 이해가 더욱 쉽다. 이해를 위해 시간이 걸리는 글은 좋은 글이 아니다. 우리가 쓰는 말과 글은 무척이나 중요하다. 우리글의 잘못쓰임이 심한 경우 우리 정신과 행동을 바꿀 수 있기 때문이다.

글을 쓸 때 중요한 것은 나 자신을 믿으라고,
무언가가 이뤄질 거라고 자기최면을 거는 것이다.

- 앤 라모트

CHAPTER 06

짧은 글의 위력

글을 쓰거나 말을 하다보면 장황하게 설명할 때가 있다.

하고 싶은 이야기가 무엇인지 파악하기가 쉽지 않을 때가 많다. 말을 많이 하고 글을 장황하게 쓰는 것에 큰 어려움을 느끼지 않는 사람들도 있다. 어찌 저렇게 복잡한 글을 쓰는지 신기하게 느껴지기도 한다. 글은 짧게 쓰는 것이 더 어렵다. 예를 하나 들어보자.

'……그렇게 가고 싶지 않던 모임에 나가서 나는 그냥 구석에 앉아 틈틈이 휴대폰만 바라보고 있었다. 친구 녀석은 나에게 같이 이야기하고 어울리라고 했지만 내가 좋아하는 모임이 아닌 모임이라 마음이 편하지 않았다. 그래서 그냥 좌불안석이었다. 얼른 이 시간

이 끝나 집으로 돌아갈 시간이 왔으면 좋겠다고 생각했다. 그 틈에
나는 집으로 가고자 했기 때문이다……'

위 글은 어떤 블로그 내용 일부분을 옮겨온 글이다. 어떤가? "뭐 이리 장황해?"라고 느꼈을 것이다. 말과 글을 장황하게 하는 것이 오히려 더 쉬울 수 있다. 이말 저말 다 갖다 쓰고 어렵게 쓰는 것은 제약이 없기 때문이다. 글을 읽고 요점을 추리는 일, 내가 하고 싶은 말을 추려서 말하는 일이 몇 배는 더 어려운 일이다. 그렇기에 잘 쓴 글에는 군더더기가 없다. 읽는 이도 편하게 느껴지고 경제성도 뛰어나다. 하지만 이 능력을 갖추기는 생각보다 쉽지 않다. 무조건 짧다고 좋은 것이 아니라, 그 속에 하고자 하는 말을 짧고 재치 있게 담아야 하기 때문이다. 연습이 필요하다. 먼저 정리가 되어야 그 다음에 정확한 의사 전달이 가능해 진다. 논문과 같이 배경 지식을 모두 넣어야 하는 경우에는 어쩔 수 없이 글이 장황해지고 페이지 수가 늘어나기도 한다. 그런 경우가 아니라면 연습을 통해 글을 짧게 요약하는 습관을 들이는 것이 좋다. 물론 상황에 따라 예외는 있을 수 있다. 회사 같은 집단 조직의 경우, 상사의 취향대로 써야하는 경우가 있다. 배경 지식 등 많은 글로 보고받기를 좋아하는 상사에게 간단명료하게 써 보고하면 좋은 평가를 받을 수 없다. 이렇게 읽는 대상의 취향이 명확한 경우를 제외하고는 짧고 명료하게 쓰는 것이 좋다.

위 글을 매끄럽게 다듬어보자. 가장 먼저 눈에 들어오는 것은

한 문장이 너무 길다는 것이다. 중복되는 단어도 많다. 아예 빼버려야 더 매끄러운 문장도 보인다. 다듬어 보자.

> '……나는 모임에 가고 싶지 않았다. 어쩔 수 없이 참석한 모임. 구석에 앉아 휴대폰만 만지작거렸다. 친구는 같이 어울릴 것을 권했지만 나는 불편한 감정을 숨길 수 없었다. 시간이 흘러 헤어질 시간이 오기만을 기다렸다……'
> 이렇게 고치면 한결 간단명료하지 않을까?

최근 우리 사회를 대변하는 단어 중 으뜸은 바로 '생각 표현'이다. 표현은 명료할수록 좋다. '단순함'이다. 쓸데없는 말을 과감하게 잘라내는 것. 그것이 가장 중요하다. 단순한 문장을 복잡하게 만드는 데에는 다양한 지식을 요구한다. 살을 붙이기 위해선 많은 정보가 필요하다. 반대로 복잡한 문장을 단순하게 만들기 위해선 무엇이 필요할까? 중복되어 있거나 중언부언하는 말을 다듬기 위해서는 내공이 필요하다. 인간은 자기가 잘 아는 영역에서는 자랑과 과시를 하고 싶어 한다. 그런 습성 때문에 말과 글에 군더더기가 붙고 어려운 말을 써가며 글을 쓴다. 하지만 그렇게 글에 기교를 더하고 멋을 부리기 시작하면 명확한 메시지가 되지 못한다. 전달하고자하는 씨앗은 겹겹이 감추어져 버린다. 간단명료한 글이 전달력이 뛰어남을 잘 나타내주는 것이 있다. 광고 문구, 속담, 격언, 명언 등에서 우리는 함축과 짧은 글의 묘미를 느낄 수 있다.

"집은 길에 방치되어 있습니다."
일본 보안 경비 업체 세콤(SECOM) 광고 문구다.
구구절절하게 자신들이 당신의 집을 지켜주겠다는 말을 하지
않아도 짧은 문장에 그들이 건네고자 하는 메시지가 잘 담겨있다.

"강물도 쓰면 줄어든다."
아무리 풍족해보여도 한없이 쓰다보면 고갈되니 아끼자는 이야기.

"봄이 지나서야 알았네. 그때가 봄이었음을"
지나고 보니 그때가 좋은 시절이었음을 깨닫는다는 표현이다.
길게 설명을 해야 할 이야기를 위와 같이 간결하게 만들면 짧
지만 정확하게 의미를 전달하는 글의 위력을 맛볼 수 있다.

IT 기술이 발전함에 따라 우리는 예전에 비해 더 많은 글을 쓰
고 있다. 휴대폰 메신저를 통해, 블로그를 통해, 각종 SNS를 이용
해 내 생각과 생활을 다른 사람에게 알린다. 글을 쓸 공간은 충
분히 마련되어있다. 말과 글은 노력하고 연습하는 만큼 얼마든
지 바꿀 수 있다. 한 문장, 한 문장 곱씹어보고 군더더기 없이 간
결하게 쓰고자 노력한다면 우리 말과 글은 지금보다 더 매끄럽
게 바뀔 것이다.

난 한 문장, 한 아이디어, 한 이미지를 갖고 시작한다.
그 이상으론 아무것도 모른다. 그저 따라간다.

- 데이빗 라비

CHAPTER 07

어깨에 잔뜩 힘주는
말과 글

'저 선생님은 대학도 좋은 곳 나오고 아는 것도
많은 것 같은데 수업을 너무 재미없게 하네.' 중학생
시절 국어 선생님은 어려운 단어와 표현을 써가며
수업을 하셨다.

학생은 좀 더 이해하기 쉬운 표현으로 듣기를 원한다. 유식을
뽐내고 싶은 생각이셨을까?

얼마 전 도서관에서 아이들이 읽으면 좋을 만한 책을 찾아보
았다. 또래 아이들이 모여 쓴 수필집이 눈에 들어왔다. 아이들이
쓴 글이라 하기엔 조금 어른스러웠다. 초등학생이 쓴 글에 한자
말이 많이 보여 연설문을 읽는 느낌마저 들었다. 나는 머리글을
펼쳤다. 아이들 글을 기획하고 싶은데 힘쓴 선생님 인사말이 있

었다. '이거 아이들 수필집 아닌가?' 나는 또 한 번 자연스럽지 않다는 생각이 들었다. 선생님 인사말도 너무 거창하고 어려운 말로 되어 있는 것이 아닌가. 글을 쓴다는 것에 집착해 온갖 말재주를 동원해서 쓴 느낌이었다. 아이들은 어른들의 행동은 물론이고 쓰는 말과 글에서도 적지 않은 영향을 받는다. 아이들은 자라면서 다양하고 수준 높은 글을 조금씩 마주하며 성장해 나아가야 한다.

아이들이 어른들의 글을 흉내 내고 또 그것을 어른들은 잘 썼다며 상을 주고. 이것이 과연 옳은 것일까?

단지 아이들만의 문제는 아니다. 어른들은 말을 어렵게 해야 유식해 보인다는 생각이 아주 강하다. 오래된 습관 같다. jtbc 〈썰전〉에 나오는 한 토론자는 의견을 말할 때마다 이해가 어려운 서양말을 섞어 쓰곤 한다. 예를 들면, 선거 운동이나 여론 조사 등에서 우위를 점한 후보 쪽으로 유권자들이 쏠리는 현상을 설명하면서 '밴드웨건 효과(bandwagon effect)'라는 표현을 썼다. 물론 자막에 친절하게 뜻이 나왔지만 그는 그냥 '밴드웨건 효과'라고만 하고 지나간다. 이야기를 계속해 나가면서 그는 "쏠림 현상이라는 것은 사람들에게 인지 프레임으로 설정이 되기 때문에..."라고 했다. '인지 프레임?' 아마도 '인지'는 아는 것, 알게 되는 것을 말하는 듯 하고, 프레임(frame)은 '구조의 틀'을 말하는 듯하다. 본인이 지식인이라면, 그리고 자기 생각을 설명하는 자리라면 저렇게 이해하기 힘든 단어를 선택해서 말해도 되는 것일까? 보고 듣는 사람이 정확하게 이해할 수 있게 말하는 것이 낫지 않을까 생각한다. 이것이 바로 유식함을 말과 글로 뽐내고자 메시지 전달의 기본적인 기능을 외면한 것이다. 텔레비전에서 이런 토론을 내보낸다면 소위 공부를 잘 한다고 하는 아이들은 이를 따라할 가능성이 높아진다. 주변을 봐도 대체로 선생님에게 칭찬을 많이 받는 아이들 (교과서 공부 능력이 뛰어난)이 재미없는 글, 어른들을 흉내 낸 글을 잘 쓴다. 오히려 그렇지 않은 학생들의 글이 더 신선하고 감동이 있는 것을 심심치 않게 볼 수 있다.

  아직까지 우리는 '척!'하는 문화에서 벗어나지 못하고 있다. 누구나 할 것 없이 그렇게 말하지 못해 안달이다. 이왕이면 영어로, 한자어로 말하려 한다. 쉬운 우리말로 하면 지식이 떨어지는 사람으로 취급받는 이 현실을 바꿔야 한다. 누가 앞장서야 할까? 어른이라면 모두 고민해야 할 문제다. 어깨에 힘을 실어주는 말과 글은 결코 남의 나라 말에서 나오지 않는다.

CHAPTER 08

글이 '살아있네~!'

영화 〈범죄와의 전쟁〉에서 주인공들은 중간 중간
입에 착 감기는 대사를 한다.

"쏴라있네~!", "쏴라있다 아입니까!". '살아있다'는 말. 말에도
살아있는 말과 죽어있는 말이 있다. 우리가 생활 속에서 쓰는 말
이 살아있는 것이며, 지식을 뽐내려 어렵게 쓰는 말은 죽은 것이
다. 그렇다면 말이 아닌 글은 어떻게 써야 할까? 당연히 생활 속
에서 쓰는 '살아있는 말'을 써야 한다. 아래는 한 글쓰기 동호회
에서 나온 글이다.

　　그동안 회사 업무의 과중함으로 인해 스트레스가 생겼다. 나에
　　게 자유를 주기 위해 제주도행 비행기에 몸을 실었다. 한 시간 남

짓해 도착한 그곳은 나를 감동시키기에 충분했다. 오전에 비가 왔었던 지라 하늘은 더 없이 푸르렀고, 공기는 한층 더 후레쉬 했다. 하늘을 보고 있으려니 금방이라도 날아갈듯 한 자유를 느낄 수 있었다. 언제 그랬었냐는 듯 내 머릿속은 평화로워지고 입가엔 미소만이 번지게 되었다.

이 글은 쓸데없이 한자어와 서양어를 사용하고, 말을 할 때 거의 쓰지 않는 단어를 썼다. 이렇게 고쳐 쓰는 것이 어떨까 한다.

회사업무로 인해 스트레스가 많이 쌓였던 요즘. 나에게 휴식을 주고자 제주도 여행을 떠났다. 한 시간 만에 도착한 제주도는 푸른 하늘과 맑은 공기로 나를 반겼다. 금방이라도 날아오를 듯 자유를 느꼈다. 그동안 힘들었던 기억은 사라지고 입가엔 웃음이 번졌다.

'왔었던지라'는 서양어에서 온 말이며, 무엇을 하는 '지라'는 입으로 하는 말도 아니다(사투리도 아니다). '왔기에'라고 하면 가장 좋지 않을까? '미소'도 일본말이라 '웃음'으로 바꾸는 것이 좋고, '후레쉬 하다'는 영어 fresh에 -하다를 붙인 이상한 말이 된다. 그냥 '맑은'으로 하면 좋겠다.

살아있는 글인지 판단하는 좋은 방법이 있다. 글을 읽을 때 귀로 들어서 알아듣기 어렵다면 죽은 글이다. 말을 듣거나 글을 읽을 때 도대체 무슨 말인지 못 알아듣는 경우가 있다. 이런 일이 일어나는 이유는 그것이 남의나라 말이라 바로 이해가 되지 않기 때문이다.

예를 들어 '나는 의아하게 생각했다'는 '나는 의심했다'로 하면 될 것이고, '의외로 말을 잘하는 그 사람'도 '뜻밖에, 예상외로'로 해야 더 좋은 글이다. '그림'을 '회화'로 말하거나, '꽃'을 굳이 '화훼'라고 하는 것을 이해할 수 없다. '화훼단지'를 '꽃 단지'라고 하면 무식해 보이는 것일까? '말이 되는 글'을 써야 하며 그렇기에 '말'이 되지 않으면 절대 '글'이 될 수도 없다.

살아있는 글을 쓰려면 내가 쓰지 않고는 못 배길 것 같아서 쓴 글 (단, 아무 근거도 없고 논리도 없는 조롱 글을 쓰면 안 된다.) 로 마음에서 우러나오는 진심이 담긴 글이어야 한다. 죽은 글을 쓰고 싶은 사람은 없을 테니까.

CHAPTER 09

의미전달의 소화제,
유머

"소개팅에 나오는 남자들에게 가장 바라는 것이
있다면?" 이런 설문을 본적이 있다.

경제력, 외모 등 여러 답이 나왔지만 그 중 으뜸은 자리를 어색
하지 않게 만들 수 있는 유머감각을 꼽았다. 유머가 없다고 해서
꼭 결과가 나쁘다는 것은 아니지만 상황에 맞는 유머감각이 분
위기를 한 층 부드럽게 만들어주는 것은 확실하다. 나는 어떤 면
에서 보면 다중인격을 가지고 있다. 좋게 말하면 여러 매력이 있
는 것이고 나쁘게 말하면 쓸데없이 여러 가지에 관심이 많다고
할 수 있다. 사회 이슈에 대해서는 거침없이 말하고, 참여하며,
후원한다. '사회부 기자'같다는 말도 듣지만, 개그맨처럼 연말 회
식 사회를 보고 어느 자리에서나 분위기를 띄우는 것 또한 자신

있기 때문이다. 유머는 글로 배운다고 누구나 할 수 있는 것이 아니다. 그러나 때론 책에서 읽은 것도 때를 잘 맞춘다면 소위 '먹히는' 유머가 될 수 있다. 가만히 있는 것보다 썰렁한 유머라도 하는 것이 낫다. 오래전 소개팅에서 있었던 일이다. 약속장소에 가는 길이 평소보다 심하게 막혀서 아무래도 제 시간에 도착하기 힘들어 보였다. 약 15분 정도 늦을 것으로 예상하던 그 순간, 상대방 여자 분에게서 전화가 왔다.

"급한 일이 있어 준비가 늦었어요. 20분 정도 늦을 것 같아요.
죄송합니다."
"그럴 수도 있죠. 걱정 마시고 천천히 오세요."

걱정 말라고 한건 어차피 나도 늦을 것 같아 미안했으나 이제는 걱정이 안 된다는 안도에서 나온 표현이었다. 그렇게 나는 여자분 보다 5분 정도 먼저와 앉아있었다. 무척이나 미안해하는 그에게 나는 말했다.

"사실 저도 차가 막혀 늦을 것 같아 많이 조급했는데, 늦게 와주
셔서 감사합니다."

분위기는 금방 부드러워졌다. 의도하진 않았지만 여자 분을 배려해 준 셈이 되었다.

회사원 시절. 같은 부서 팀장님은 회사 직원 모두가 인정하는 깐깐하고 어려운 사람이었다. 대부분 그와 마주하기를 꺼려했고, 덕분에 모든 업무 협조 담당은 나였다. 직원들은 나를 만나면 내 안부부터 묻곤 했다. 다른 사무실에 근무하는 내 근황을 모르기 때문이다.

"요즘 어때요? 팀장님하고 일하기 많이 힘들죠. 다들 이 대리 불쌍하다고 난리야."

물론 내가 생각해도 내가 불쌍하긴 했다. 하지만 여기서 불쌍한 티를 내면 내가 더 초라해 보일 수 있다는 생각에,

"이제 저는 그 어떤 회사, 어떤 상사 밑에서도 다 견딜 수 있는 내공이 생겼습니다."

직원들은 긍정의 아이콘이라며 치켜세워줬지만 내 속은 까맣게 타 들어가고 있었다.

'진짜 이직이라도 하고 싶다......이 인간하고 생활하기가 얼마나 힘든지 말도 못하겠다고!' 이게 내 진짜 속마음이었다. 하지만 유머가 담긴 긍정의 말을 하면 듣는 사람도 웃을 수 있지만 정작 혜택을 보는 것은 나 자신이다. 내가 처한 안 좋은 상황을 웃으면서 농담하듯 말하기. 속은 부글부글 끓더라도 말이다. 비관적으로 말한다고 나아질 것도 없다.

유머는 그 상황을 반전시키고 내가 하고자하는 메시지를 부드럽게 만들어주는 조미료와도 같다. 물론 어려운 자리일수록 유머를 하기엔 두려움이 따른다. 그래서 유머는 용기가 필요하다.

적당한 선을 지켜 재미있는 생각을 하고 표현해보자. 안통하면 어쩔 수 없고 통하면 분위기가 편안해질 것이다.

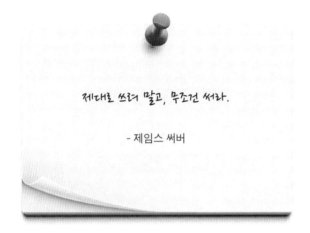

제대로 쓰려 말고, 무조건 써라.

- 제임스 써버

CHAPTER 10

취향을 존중하자

'개취'라는 말을 들어본 적이 있는가? 줄임말에
관심이 있는 사람이라면 금방 알아챌 것이다.

바로 '개인의 취향'을 줄여 쓴 단어다. 예전과는 다르게 이제는
그 어떤 분야에서든 개인의 취향을 존중해야 하는 시대로 옮겨
가고 있다. 다른 사람의 취향이 독특하다 하더라도 내게 해를 끼
치지 않는 이상 존중해야 한다. 하지만 내 취향과 생각만이 소중
하다는 생각이 지나쳐 다른 행위, 모습, 성향을 무시하게 되면 문
제가 발생한다. 물론 내 생각을 주장할 수는 있다. 그 주장을 뒷
받침하는 근거가 타당하고 효과적이라면 다른 이의 생각에 어느
정도 영향을 주거나 생각을 180도 바꾸게 할 수도 있다.

나는 여행을 무척 좋아한다. 국내 여행도 물론 좋지만 해외여

행을 더 선호하는 편이다. 배낭하나 둘러매고 낯선 곳, 낯선 사람들을 만날 때 느끼는 자유와 행복은 그 어느 것으로도 대체할 수가 없다. 나에게 여행은 그런 것이다. '파스텔 톤 색상을 좋아하고 흥겨움이 무엇인지 아는 쿠바 친구가', '햄버거 가게 앞에서 눈이 마주치자 밝게 웃어주는 케냐 친구가', '삼성 휴대폰 수리는 우리도 얼마든지 가능하다고 선뜻 나서준 네팔 친구가' 나는 좋다. 그런 내 모습에 이렇게 물어보는 사람도 있었다.

"텔레비전을 보면 세계 각 국을 다 소개해주는데 그 비싼 돈을 주고 해외여행은 왜 가는 거냐?"

너무나 오래된 사고방식에서 나오는 그 물음에 나는 선뜻 대답하지 못했다. 너무나도 낯선 질문이었다.

"그럼 여행을 좋아하면 어떻게 해야 한다고 생각하세요?"

"국내에도 갈 곳이 얼마든지 많잖아."

"국내 여행이라고 비용이 저렴하지도 않아요, 다른 아시아 국가를 여행하는 비용이 국내 여행보다 더 싸다는 뉴스도 많이 나오잖아요."

"나는 휴가철만 되면 해외로 우르르 나가는 애들 보면 한심해보여."

"국내에서 휴가로 돈을 쓰면 칭찬을 받고, 해외로 나가면 욕을 먹어야 하는 이유는 무엇인가요?"

그는 말을 더 이상 하지 않고 얼버무렸다. 나는 그의 생각보다는 표현이 잘못되었다고 생각한다. 그의 눈에는 해외로 나가는 사람들이 곱지 않게 보였을 수도 있다. 하지만 그것은 취향의 문제지 옳고 그름의 문제는 아니다. 그는 '한심하다'는 표현을 썼다. '같은 돈을 쓰는데 국내에서 쓰는 것은 옳고, 해외로 나가서 쓰는 것은 그르다'는 것에 대한 내 물음에 정확히 답을 하지 못했다. 그것에 대한 답은 그가 내려야 한다. 논증의 책임도 문제를 제기한 사람에게 있다.

우리가 사는 이 세상은 내 마음에 들지 않는 것이 너무나도 많다. 따지고 들면 하나부터 열까지 전부 마음에 안 들 수 있다. '한심해 보인다.' 라는 표현 대신, "나는 그런 것보다는 요즘 우리나라 경기도 안 좋은데 가능하면 해외보다는 국내에서 소비를 하는 것이 어떨까 싶어."라고 했다면 어땠을까? 물론 그것에 관해서도 토론은 붙겠지만 개인 취향을 존중하는 말투로 '나는 이렇게 생각한다.', '나는 또 이렇게 생각한다.'하며 마무리되었다면 더 좋지 않았을까?

말 뿐 아니라 글도 마찬가지다. 내가 하는 말이 취향인지, 옳고 그름의 문제인지 잘 생각해서 써야 한다. 내 글에 대해, 내가 주장하는 말에 대해 정당함을 논증 해 설득시키지 못한다면 이미 그 토론은 패한 것이나 다름없다. 글을 쓸 때 이것을 명심하자.

CHAPTER 11

솔직한 글을 쓰면
문제가 생길까?

군대 훈련병 시절, 자대에 배치를 받기 전 6주간
특기 교육을 받았다.

군대도 대학과 시스템이 같았다. 시간에 맞춰 담당 교육관이
들어와 특기 교육을 한다. 6주 교육이 마무리 될 무렵, 설문조사
를 한다며 한 장교가 들어왔다. 교육 담당 교관들에 대한 수업의
질을 묻기 위함이었다. 수업은 충실히 했는지, 강의 태도는 어떠
했는지에 대해 가감 없이 솔직하게 쓰라는 것이었다. 나는 한 사
람이 머릿속에 들어왔다. 물론 열심히 해주었지만 그 교관은 잡
담으로 시간을 다 보낸 경우가 꽤 많았다. 나는 있는 그대로 썼
다. 지금이라면 '절대' 그렇게 쓰지 않겠지만 그땐 젊은 패기에
있는 그대로 쓰고 싶었다. 결과는 어땠을까? 부대가 발칵 뒤집혔

다. 교육생이라고는 나를 포함해 고작 여섯 명이었기에, 무기명이었지만 무기명이 아니었다. 조사를 통해 쓴 사람이 누군지 찾아내는 것은 일도 아니었다. 교관을 징계할 것이라는 이야기를 들을 때마다 나는 참으로 괴로웠다. 그 일은 내가 솔직하게 잘못(?)을 고백하는 것으로 마무리 되었다.

이처럼 솔직한 글로 웃지 못 할 일이 생길 수 있지만, 글을 쓸 때에는 무엇보다 솔직함이 기본이 되는 것이 가장 좋다.

사람은 저마다의 생각이 다르다. 같은 의견을 가지고 있다 하더라도 세부적으로 들어가면 조금씩은 다르다. 당연한 것이다. 모든 사람의 의견이 100% 일치한다면 얼마나 무서울까?

나는 야구를 좋아한다. MBC 청룡이 지금의 LG TWINS가 되기까지 창단 이래 25년을 좋아한 골수팬이다. 올해 성적은 10개 구단 중 6위. 시즌 내내 답답한 경기가 이어졌고, 결국 가을 야구에 올라가지 못했다. 인터넷 기사에는 좋지 않은 댓글이 많이 달렸다. 구단 홈페이지 게시판 사정도 크게 다르지 않았다. 하지만 공식 홈페이지라 그런지 옹호하는 글도 꽤 보였다. 그 중 눈에 띄는 댓글 하나가 있었다.

"나는 OOO감독의 사퇴를 요청합니다. 시즌 내내 보여준 감독의 모습은 팬으로서 납득이 가지 않았습니다. 첫째로, 이해가 가지 않는 라인업입니다. 전날 홈런을 두 개나 때려낸 선수를 우완 투수가

나왔다는 이유로 스타팅에서 빼는 일이 비일비재 했으며, 두 번째
로는 세대교체를 이유로 드물게 출전을 해도 시즌 100안타를 치는
베테랑 선수를 거의 벤치에 앉아있게 하는 날이 잦았으며, 마지막
으로는 그 대신에 특정 선수에게 과도하게 기회가 많이 주어지는
것입니다. 이러한 일이 몇 년째 계속 되고 있어 팬으로서 감독님의
사퇴를 주장하는 바입니다."

　반응은 어땠을까? 오로지 그 사람의 입장이므로 이 글은 맞고
틀리고를 말 할 수 없다. 그저 한 사람의 의견인 것이다. 하지만
'그렇게 잘하면 네가 감독해라.', '네가 뭘 안다고 그렇게 잘난 척
이냐.'란 반응도 있었다. 위 내용은 보다시피 욕설도 없고, 비아
냥도 없다. 그저 팬으로서 의견을 나타낸 것이다. 우리가 글을 쓴
다는 것은 항상 아름다운 것, 좋은 것, 재미있는 것만 써야 하는
것은 절대 아니다. 내 의견과 다르다고 무작정 비난을 해서도 안
된다. 남의 글에 공감을 하지 못하면 나도 공감을 얻는 글을 쓸
수 없다. 이 글은 이러이러하니 사퇴를 했으면 한다며 '괴로움'에
초점을 맞춘 것뿐이다. 의견이 다르면 다르다고 생각하는 이유
를 합리적 근거를 들어 반박하면 된다. 그래야 토론이 가능해지
지 않을까? 간혹 아이들의 글을 어른의 눈으로 보기에 부정적이
라고 해서 과감하게 손을 대 수정하는 경우가 있다. 대단히 무례
하고 해서는 안 되는 행위라고 생각한다. 그렇게 누군가에 의해
내 글이 바뀌게 되면 다시는 솔직한 글을 쓰지 못하게 될지 모른
다. 그 어떤 글도, 어떤 인생도, 어떤 사건도 좋은 일만 있을 수

는 없다. 좋은 일로만 꾸며진 삶은 거짓일 가능성이 높다. 있는 그대로, 내가 본 그대로, 내가 느낀 그대로 솔직하게 쓰는 용기가 필요하고 그것을 있는 그대로 바라봐주는 마음도 필요하다.

표현, 다시 말해 '뭔가를 쓴다는 것'은 사상이
손가락으로 내려가서 그 손가락의 움직임이 바로
그것을 변조하는 것을 말한다.

- 가스

CHAPTER 12

솔직한 글에도
조건은 있다

솔직한 의사 표시는 긍정적 평가를 받는 경우가
많다.

잘못을 했을 때 숨기지 않고 솔직히 고백하는 모습, 내 부족한
부분을 먼저 밝히고 사과하는 모습은 용기 있는 행동으로 평가
받는다. 회사원 생활을 할 때 때때로 의도하지 않은 잘못과 실수
를 저지르곤 했다. 그럴 때면 마음속에 갈등이 일어났다.

'그냥 모른척하고 숨기고 갈까.'

'솔직하게 고백해서 정상참작(情狀參酌)이라도 받을까?' 라는
생각에 대부분 미리 잘못을 고백했다. 한편으로는 '이런 모습을
보여주면 오히려 신뢰가 생기지 않을까' 계산된 마음이 있었던
것도 사실이다. 아무튼 미리 이실직고해서 손해 본적은 없었다.

호미로 막을 것을 가래로 막는 불상사를 방지했고 솔직한 사람임을 알리는 기회도 된 것이다. 이렇듯 솔직함은 대부분 긍정의 결과를 가져다준다.

앞서 말한 것처럼, 솔직한 글을 쓰는 것이 좋지만 솔직한 글에는 반드시 조건이 있다. 솔직함이 가치를 인정받으려면 자기반성과 성찰이 있어야 하며, 솔직함을 남을 조롱하는데 써서는 안 된다는 것이다. 예를 들어보자.

> "나는 오늘 평소 맘에 들지 않던 OOO을 교육시켰다. 친구들이 화장실로 걔를 데리고 왔을 때 나는 뺨을 두 번 때렸다. 이제야 사태가 인식되었는지 우리들을 향해 무릎을 꿇고 잘못했다고 손을 싹싹 빌었다. 눈물을 흘리는 모습을 보니 후련했다. 지금도 속이 후련하다. 앞으로도 말을 듣지 않는 애들에게는 따끔한 맛을 보여 줘야겠다."

이 글은 한 고등학교 학생이 SNS에 쓴 글을 순화해서 쓴 글이다 (실제 글은 욕설이 많아 실을 수 없었다). 이 글은 솔직하게 쓴 글이지만 좋은 글이라고 할 수는 없다. 보편적인 상식에서 옳다고 인정받을 수 없는 행위를 하고 글로 옮겼다. 만약 그날 한 일을 자기반성의 글로 뉘우치는 생각을 담았다면 솔직함이 더욱 빛을 발했을 것이다. 자기반성과 성찰이 없는 글은 솔직하다는 이유로 결코 좋은 글이 될 수는 없다. 또 한 가지 예를 들어보자.

"저도 일베 게시판을 보지만 그걸 보고 와서 피자를 계속 사야 되겠다고 생각했습니다. 많이 드시고, 행복하게 지내시고, 계속 나라를 지켜주십시오. 일베가 이 나라의 중심을 지키고 있어요. 불순 세력들이 이 나라를 지금까지도 분탕을 치고 있습니다. 이 광화문 광장은 시민들에게 돌려줄 광장입니다."

지난 2014년 세월호 유가족들은 광화문 광장에서 세월호 특별법 제정을 위한 단식에 들어갔다. 이때 사랑하는 가족을 잃은 그 마음을 헤아리기는커녕 조롱하는 사람들도 있었다. '일간베스트'라는 동호회 회원 일부가 단식 농성장에서 불과 200미터도 채 떨어지지 않은 세종대왕 동상 앞에서 피자와 치킨을 먹은 행위를 했다. 위 글은 이를 본 일간베스트 회원이 올린 글이다. 글로만 놓고 본다면 이 글도 솔직함으로 따지자면 잘 쓴 글이다. 하지만 이 글은 세월호 유가족들의 단식을 조롱하는 행위에 대한 또 하나의 조롱 글이기도 하다. 내 솔직함을 무기로 남을 조롱하거나 가슴에 못을 박는 말과 글은 흉기가 될 수 있음을 알아야 한다. 솔직한 글이 잘 쓴 글, 좋은 글이 될 수 있도록 자기반성과 남을 위한 배려가 꼭 들어가야 함을 명심하자.

우리 삶에는 수없이 많은 글이 존재한다. 매일매일 주고받는 메신저, SNS, 편지 등. 글은 생각할 여유를 준다. 말처럼 바로바로 내뱉는 즉흥이 없기에 글은 말과는 다른 힘을 가지고 있다. 글

은 계속 살아남아 크고 작은 역사로 남는다. 아름답고 행복한 글
은 상대방을 추억하게 하고 웃음 짓게 한다. 하지만 성찰 없는 조
롱의 글은 두고두고 상대에게 흉기가 되어 시퍼런 상처를 남기
게 된다. 내 솔직함이 남에게 해를 끼쳐서는 안 된다. 글쓰기의
조건이란 그런 것이다.

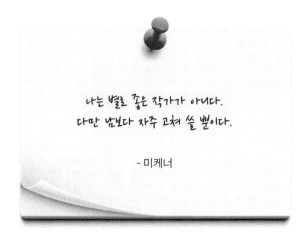

나는 별로 좋은 작가가 아니다.
다만 남보다 자주 고쳐 쓸 뿐이다.

- 미케너

CHAPTER 13

부끄러운 일도 써라

부끄러움. 오직 인간만이 느낄 수 있는 감정이다.

맹자는 인간을 인간으로 만드는 참된 감정을 부끄러움이라 정의했다. 이 인간으로서의 자연스러운 감정인 부끄러움을 숨기고자 없는 말을 꺼내 살을 붙이고 더 좋은 글을 흉내 내려하는 사람이 종종 있다. 자기가 쓴 글에 부끄러움을 느끼는 것은 지극히 자연스러운 감정이다. 부끄러움을 모르는 상태야 말로 최악이 아닐까?

부끄럽다고 느끼는 감정은 어디에서 오는 것일까? 우리는 학습된 윤리적 사고 속에서 서로 견주고 비교하는 과정을 반복하며 살아왔다. 우리가 사는 이 세상은 부끄럽다고 생각하지 않아도 되는 일을 부끄러운 일로 평준화시킨다.

'우리 집은 가난해서 부끄럽다.', '부모님 학벌이 낮아 부끄럽다.', '외모가 너무 못나 보여 부끄럽다.', '영어를 못해 부끄럽다.' 등 부끄러울 일이 아님에도 한없이 못났다 생각하고 부끄러워한다. 내가 겪었던 일을 살짝 소개할까한다.

나는 22살 겨울 군대를 전역하고 바로 필리핀으로 어학연수를 떠났다. 외국인과는 단 10초도 말을 못하는 상태 그대로. 도착한 바로 다음날, 수준 테스트를 받았다. 현재 내 실력이 어떤지를 파악하고 그에 맞는 수업을 짜기 위함이었다. 나는 한 현지 영어 선생과 약 20분에 걸쳐 테스트를 받았다. 말하기, 읽기, 쓰기 그리고 듣기. 나에게 그 시간은 그저 웃음만 나올 뿐이었다. 멋쩍은 웃음. 뭐 하나 제대로 어필할 만한 것이 없었다. 그래도 용케 맨 마지막 말은 잘 알아들었다. "아이브 네버 씬 비포 라이크 유." 그는 덧붙였다. 약 10년 정도 한국인을 가르쳐왔는데 너같이 못하는 애는 처음 봤단다. 나는 웃을 수밖에 없었다. 뭐 그렇다고 울 수는 없으니까. 마음이 조금 쓰리기는 했다. 나는 그 이후, 더 열심히 수업에 임했다. 문법에 맞지 않는 말을 깊게 생각하지 않고 아이가 말을 배우듯 막 내뱉었다. 덧붙여 *절대 내가 틀리게 말하는 것을 듣고 그냥 넘어가지 말아주세요.*"라고 매 수업 시간마다 정확한 문장을 사용하도록 선생님에게 요청했다. 틀리면 고치면 되고, 또 틀리면 또 고치면 된다. 나는 기억력이 그리 좋은 편은 아니지만, 부끄러움을 무릅쓴 반복학습만이 살

길이라 생각했다. 나는 오히려 당당했다. 영어를 배우기 위해 다른 나라에 왔지만 그곳에 모인 친구들은 어느 정도의 수준에 위치해 있기에 영어를 거의 못하는 내 자신이 부끄러운 것은 사실이었다. 그러나 모르는 부끄러움이 잘못이 아니진 않은가? 못하면서 잘하는 척 꾸미지 않고 민낯 그대로를 보여주어야 더 잘 배울 수 있는 것이다. 나는 그 노력이 헛되지 않음을 깨달았다. 유창하지는 않지만 그 배움 덕분에 어디 가서도 내 의견을 충분히 전달할 정도의 영어실력을 갖추게 되었기 때문이다. 이처럼 남들 보기에 부끄럽게 느껴지는 일도 써보자. 부끄러움을 알고 인간으로서의 자연스러운 감정을 이해하게 된다면 자신의 글쓰기가 한 단계 더 발전하지 않을까?

어느 모임에서 한 초등학생이 쓴 일기를 보았다.

"학교에서 가정 조사문을 써오라고 했다. 아빠의 직업을 적는 곳이 있었다. 나는 쓰기 싫었다. 화장실 청소를 하는 아빠의 직업이 창피했다. 그래서 선생님이라고 거짓말을 썼다. 화장실 청소 한다고 쓰면 친구들이 놀릴 것 같았다. 그렇게 쓴 조사문을 아빠가 그날 저녁에 봤다. 아버지는 말없이 방으로 들어가셨다. 엄마가 오셔서 아빠가 운다고 하셨다. 나는 아빠에게 너무 미안했다. 내가 좋아하는 우리 아빠가 슬퍼하니 나도 슬펐다. 다시는 거짓말을 하지 않겠다고 엄마, 아빠에게 말했다."

이렇게 부끄러운 감정을 솔직하게 쓴 아이의 일기는 칭찬받아 마땅하다. 우리는 부끄러운 감정을 숨기고자 거짓을 이야기하고 없는 사실을 붙이며 좋은 글을 흉내 내려 한다. 그렇게 해서는 온전히 내 감정이 녹아든 글이라 할 수도 없을 뿐 아니라, 좋은 글이 될 수도 없다. 자랑스러운 일, 부끄러운 일 모두 있는 그대로 쓸 때 비로소 '내 글'이 된다.

글을 쓸 때에는 모든 것을 내려놓아라. 당신의 내면을
표현하기 위해 단순한 단어들로 단순하게
시작하려 노력하라.

- 나탈리 골드버그

CHAPTER 14

적절한 비유는
신의 한 수

이태임 "동료 男배우, 집 앞까지 찾아와서..."

한 인터넷 기사 제목이다. 자극적인 문구로 호기심을 자극하는 기사 제목. 하지만 막상 들어가 보면 별 내용이 없다. 기사 내용을 보면 사람의 마음을 움직이고 재미를 느낄만한 '공감'이 없다. '공감'은 상대방으로 하여금 내 이야기에 깊이 들어갈 수 있게 해준다. 설득도 공감을 통해서만 할 수 있다. 공감을 이끌어내는 좋은 방법은 없을까? 적절한 비유를 써준다면 금상첨화가 될 것이다.

첫째, 상대방의 현실과 마주하자.
강연과 같은 이야기를 듣는 청중과 글을 읽는 독자들은 모두 얻고자하는 주제와 목표가 있다. 그들이 원하는 것이 무엇인지 알기 위해서는 먼저 그 사람들의 걱정을 끄집어내는 것이 어떨까? 나는 여행을 좋아해 종종 모임에 가 사람들에게 여행을 떠날 것을 권유하곤 한다.

"여러분 여행 좋아하시죠? 여행 싫어하는 사람은 못 봤습니다. 하지만 우리 직장인들은 시간내기가 쉽지 않아요. 연차는 있지만 쓰려고 하면 이 눈치 저 눈치 봐야 하는 현실이 참으로 싫습니다. 저도 여행가고 싶어 눈치를 하도 많이 봐서 지금 이런 눈이 되었습니다."

상대방이 현재 겪고 있는 현실을 내가 겪은 비유로 짚어주어 공감을 이끌어 내는 것이다.

둘째, 쉬운 말로 다가가자.

어려운 말로 가득한 논문을 읽는 것은 꿈나라로 가는 지름길이다. 가장 좋은 이해는 '쉬운 말'로 하는 것이다. 최근에 뜨는 이슈를 활용하면 더욱 몰입도가 좋다.

"나는 열심히 보다는 간절함을 좋아한다. 야구 영웅 이승엽은 '진실한 노력은 배신하지 않는다.'고 했다. 간절하게 노력하면 우주의 기운이 도와줄 것이라 믿는다. 예전부터 이렇게 생각하고 있었다. 갑자기 최순실 국정농단 사태가 터지는 바람에 '우주의 기운'을 말하면 사이비 냄새가 폴폴 나는 현실이 되어 안타깝지만 '하늘은 스스로 돕는 자를 돕는다.'고 했다. 그것이 내가 믿는 우주의 기운이다."

이승엽의 명언과 최순실을 소환해 공감을 이끌어냈다.

셋째, 대부분 겪는 일로 다가가자

"요즘 직장인의 최대 관심사 중 하나는 은퇴 설계입니다. 평균 근속 기간은 점점 짧아지고 살기는 점점 더 어렵다고 느껴지는 사회에서 당연한 걱정이라고 생각하죠. 무언가 대안을 찾고 싶은데 무슨 방법이 있을까요? 자영업을 시작한 사람의 80%가 3년 이내에 폐업의 길로 들어선다고 하니 그것도 쉽지 않습니다."

이처럼 대다수 사람들이 가지고 있는 고민, 걱정, 이야기 들은 좋은 소재가 된다.

청중이든 독자든 상대와의 교감을 통한 소통, 이해와 공감을 이끌어 내는 것은 쉬운 일이 아니다. 내가 하고 싶은 이야기를 적절한 비유로 재미있게 하는 것도 꼭 필요한 능력이다. 말 뿐만 아니라 글도 마찬가지다. 재미를 위한 재미가 아닌 내 생각을 이야기하고 설득시키기 위한 재미가 동반되어야 한다. 이야기 속에서 사회이슈, 유명 인물 등에 비추어 비유를 적절하게 한다면 이야기를 풀어가는 데 도움이 되고 재치 있는 사람으로 비춰지기도 한다.

CHAPTER 15

군더더기 잘라내기

글을 길게 쓰는 것보다 어려운 것이 바로 짧게 쓰는 것이다.

글을 압축해서 명확하고 간결하게 쓰는 것. 바로 그것이 '글쓰기 1차 조건'이라 할 수 있다. 이를 위해서는 군더더기를 없애야 한다. 군더더기는 말 그대로 없어도 되는 말, 단어 등을 말한다. 삭제하더라도 의미전달에 아무 문제가 없다면 그것이 바로 군더더기다. 군더더기가 붙게 되면 글이 지저분해지고 길게 늘어진다. 의미 전달도 희미해져 무슨 말을 하는지 모르게 될 때가 있다.

내가 쓴 책《당신을 위한 이기적 실행 언어》의 한 부분을 살펴보자.

"세상에는 다양한 사람들이 존재한다. 모든 것이 똑같은 사람은 이 세상에 단 한명도 없다. 그래서 재미있는지도 모르겠다. 같은 목표를 위해 같은 시간에 시작한 10명이 있다고 해보자. 계획을 어떻게 세우고 그에 따른 실행을 어떻게 하느냐에 따라 결과는 판이하게 다르게 나온다. 출발이 같다고 결과도 같은 것은 아니다. 어떤 목표를 위해 실행할 때도, 일상생활에서도 유난히 스스로를 힘들게 하는 사람들이 있다. 목표의 달성 측면에서 보지 않더라도 그런 유형의 사람들은 옆에서 보기에 답답한 면이 있다. 그것은 곧 스스로 불행해지는 습관을 못 버리기 때문이다. 그 습관이라 하면, 부정적인 말들과 행동이 대표적이다. 그에 더해 지나친 욕심도 스스로를 힘들게 한다."

이 글에서도 군더더기가 다수 발견된다. 처음부터 잘 쓰면 너무나도 좋겠지만 초고를 완벽하게 쓰는 사람은 존재하지 않는다. 당연히 고쳐야 할 것들이 많은 것이 우리 글이다. 절대 자책할 필요가 없다. 이 글을 없어도 되는 말을 삭제하고 글을 일기 편하게 다듬어 보려한다.

"세상에는 다양한 사람들이 있다. 똑같은 사람은 단 한명도 없다. 우리 삶이 재미있는 이유다. 10명이 같은 목표를 향해 동시에 시작했다고 하자. 계획과 실행을 어떻게 하느냐에 따라 결과는 전혀 다르게 나온다. 시작이 같다고 결과가 같은 것은 아니다. 목표를 향해 나아갈 때, 유난히 스스로를 지치게 만드는 사람이 있다. 부정적인 말과 행동, 지나친 욕심과 같은 스스로 불행해지는 습관을 못 버리는 사람들이 그러하다."

글도 한결 가벼워지고 읽기에도 편하지 않은가? '그러나', '그리고', '그러므로'와 같은 (접속)부사는 되도록 쓰지 않는 것이 좋겠다. 내가 쓴 글은 꼭 다시 한 번 읽어보자. 내가 쓴 글을 종이로 출력해서 읽어보는 것이 좋은 방법이라고 생각한다. 요즘은 원고지에 글을 쓰는 사람은 거의 없다. 대부분 컴퓨터로 글을 쓴다. 컴퓨터로 바로 수정할 수 있다는 장점도 있지만 종이로 출력해 읽어본다면 숨이 가빠 쉼표가 필요한 부분이 보인다. 글이 길거나 군더더기가 있다는 뜻이다. 연필을 들고 손으로 고쳐보자. 고친 다음에는 꼭 이전에 쓴 글과 비교 해보길 권한다. 군더더기를 걷어 냈기에 글이 왠지 비어보이고 초라해 보일지 모른다. 처음 쓴 글이 더 화려해보이고 잘 쓴 것처럼 보일 수도 있다. 하지만 논리가 살아있는 글은 화려하지도 재주를 부리지도 않은 글이다. 간결하게, 정확하게 전달하는 문장이야 말로 글을 쓰는 최고의 목적이기도 하다.

CHAPTER 16

교감할 수 있는
표현을 써라

"여러분들께 앞으로 살아가면서 꼭 기억했으면
하는 말을 전하겠습니다......더불어 당부하고 싶은
말은 이렇습니다......마지막으로 한 말씀만 더
드리겠습니다......."

기억하는가? 학창시절 조회시간에 운동장에 모여 듣던 교장 선생님의 말씀이다. 때로는 추운 날씨에, 때로는 땡볕 아래 그렇게 긴 시간을 부동자세로 서 있어야 했던 시간. 그 수많았던 이야기 중 지금 기억에 남는 것은 아쉽게도 하나도 없다. 옆줄에 서 있던 아이가 고통을 못 참고 바지에 오줌을 지렸던 기억만이 생생하다. 분명 좋은 말씀이었을 텐데 기억이 나지 않는 이유는 무엇일까? 아마도 전혀 공감도 되지 않고 학생들의 관심사와는 동

떨어진 이야기를 하셨기 때문일 것이다. 아무리 좋은 이야기를
하려고 해도 상대가 집중해 듣지 않는다면 말은 공허해진다. 말
은 물론이고 글 또한 독자와 '대화'하는 도구다. 교장과 학생들
사이에서 볼 수 있듯 내가 하고 싶은 이야기와 상대가 듣고 싶은
이야기 사이 간격을 줄여야 한다. '답은 정해져 있고 넌 대답만
해'처럼 자신이 하고 싶고 듣고 싶은 말은 정해져있으니 넌 그냥
동의만 하라는 태도로는 소통이 불가능하다. 다른 사람과의 교
감은 그래서 어려운 것이다. 내가 하고 싶은 말만 할 수도, 그렇
다고 듣고 싶은 말만 해줄 수도 없다. 만약 조회시간에 교장선생
님이 아이돌 그룹을 예를 들어 설명한다면 아이들은 바로 선생
님의 말씀에 귀 기울일 것이다. 앞서 말한 '적절한 비유'로 말이
다. 어른들도 지루해 할 이야기를 아이들이 집중할 것이라는 기
대는 헛된 것이다.

교감을 하기 위해서는 조심스레 상처를 어루만지며 이야기를
이끌어 가야할 상황이 있고, 강한 어조로 의식을 바꿔주어야만
할 상황이 있다. 예를 들어 사랑하는 이와의 이별을 겪은 사람에
게는 상처를 보듬어 주고 아픔을 딛고 치유할 수 있는 이야기를
해주는 것이 좋다. 어려운 처지에 있는 사람들의 자존심을 건드
리는 이야기는 해선 안 된다.

"저는 여러분들에게 이 슬픔을 빨리 털고 일어나라고 말씀드리

고 싶지 않습니다. 그 슬픔이 어느 정도인지 감히 헤아릴 수도 없습니다. 슬퍼하십시오. 펑펑 눈물도 흘리십시오. 그런 시간을 충분히 겪고 나면 보낼 수 있는 날도 찾아오겠지요……"

자신의 게으른 행동 때문에 아무것도 하지 못한 채 시간만 보내는 사람이 있다면 자기 계발서와 같이 의식의 전환이 필요한 이야기를 강하게 해줄 필요도 있다.

"세상에 성공하고 싶지 않은 사람을 본 적 있습니까? 저는 단 한 명도 보지 못했습니다. 그러나 엄연히 성공한 인생을 사는 사람과 그렇지 못한 사람이 있습니다. 자신의 선택에, 그 결과에 만족한다면 지금 이 책을 읽을 이유도 없습니다. 우리는 세상에 없는 성공 비법을 찾으려 하는 것이 아닙니다. 어쩌면 이미 답은 우리 모두가 알고 있습니다. 각 분야에서 이미 성공한 사람들이 성공 비법을 너무나도 잘 알려주고 있습니다. 내가 잘 모르겠다면 그 조언을 가슴깊이 새겨듣고 흉내만 내더라도 어느 정도 효과를 볼 수 있다고 자신 있게 말씀드릴 수 있습니다. 목적지에 가는 길도 모르면서 고집을 피우고 남의 말을 듣지 않는다면 목적지에 도달하지 못하거나 아주 오래 걸려 도착할 것입니다. 잘 모르겠으면 배우고 그 후에 고집을 부려도 늦지 않습니다."

가장 중요한 점은 상대방의 눈높이에, 처한 현실에 맞는 단어 선택과 이야기 전개가 필요하다는 것이다. 교감을 할 수 있는 표현을 쓰는 것은 내가 하고픈 말을 가장 잘 전달하기 위한 지름길과도 같다.

CHAPTER 17

교감은 감정을
나누는 일

찰스 다윈이 1872년에 출간한 문헌에 따르면,
인간이 표현하는 감정은 학습된 것이 아니라
선천적이고 유전된 것이라 한다.

인간은 분노. 행복, 슬픔, 혐오, 공포, 놀람 등의 보편적 감정을
가지고 있으며, 얼굴에 드러나는 감정과 기본 몸짓은 전 세계 사
람들에게 동일하게 나타난다고 한다. 이런 감정의 보편에는 인
간이 다양한 상황에서 신속히 대처하는 능력이 진화한 것으로
효율적인 의사전달 체계의 역할을 한다는 것이다.

일반적인 동물의 표현 방식과, 인간의 특수한 표현 (고통, 울
음, 의기소침, 걱정, 슬픔, 낙담, 절망, 환희, 기쁨, 사랑, 부드러
움, 심사숙고, 화해, 언짢음, 찌푸린 얼굴, 결심, 증오, 노여움, 경

멸, 모욕, 혐오, 자부심, 무력함, 인내, 긍정, 부정, 놀라움, 경악, 두려움, 공포, 관심, 부끄러움, 수치심, 겸손)은 명확히 구별된다. 또 놀랍게도 인간의 모든 특수한 표현은 언어와 글로 나타낼 수 있고, 다른 사람의 이야기와 글에 충분히 몰입하여 공감할 수 있다는 것이다.

앞서 나는 다른 사람이 공감할 수 있는 글을 써야 하고, 글을 읽을 때 또한 옳고 그름을 떠나 우선 글쓴이와 교감을 하는 것이 좋다고 말했다. 나는 초고를 쓸 때도, 퇴고를 할 때도 '내 주장이 터무니없지는 않은가?'하는 생각을 하며 글을 쓴다. '더 친근하게 다가설 수 있는 표현은 없을까'하는 고민도 한다. 아쉽지만 모두를 만족시킬 만한 방법을 나는 알지 못하기에 그저 최선을 다해 좋은 글이 되도록 '노력'하는 수밖에는 없다. 읽는 사람과의 교감을 위해서는 무엇을 해야 할까? 우선 내가 먼저 다가가는 훈련을 해야 한다. 내 글이 교감을 통한 공감을 얻으려면 다른 사람의 글을 읽을 때 내가 공감을 할 수 있는 능력을 갖추어야 한다. 고기도 먹어본 사람이 잘 먹는다. 글의 옳고 그름은 내가 판단할 몫이지만 옳고 그름을 판단하기 위해서도 저자가 하는 말이 무엇인지, 무슨 의도를 가지고 글을 쓴 것인지 깊숙이 들어가 소통할 필요가 있다. 책을 읽는 것은 글쓴이가 하는 말을 듣는 행위다. 단순히 지식을 전달하는 것을 뛰어 넘어 공감을 이끌어 내는 글이라면 더할 나위 없이 좋은 글이라 하겠다.

장 지글러라는 사회학자가 쓴《왜 세계의 절반은 굶주리는가?》.

책에는 전 세계 인구가 먹고 남을 만큼의 곡물이 생산되는데 왜 아프리카, 동남아시아 등의 국가 아이들은 굶주림으로 인해 생명에 위협을 받는지에 대한 내용을 담고 있다. 짐작하겠지만 아름다운 내용을 담은 책은 아니다. 한 구절을 발췌해보자.

> 1970년 칠레의 인민전선은 101가지 행동강령을 발표하는데, 그 첫 번째가 바로 15세 이하의 모든 어린이에게 하루 0.5리터의 분유를 무상으로 제공한다는 것이었다. 이 공약을 보통은 '포퓰리즘'이라고 치부하지만, 당시 칠레가 처한 높은 유아사망률과 어린이 영양실조라는 문제를 놓고 본다면 어쩌면 절체절명의 과제였다고 할 수 있다. 이 공약을 내건 아옌데는 대통령에 당선되었는데, 이 문제에 가장 곤란함을 느꼈던 것이 스위스의 다국적기업인 '네슬레'라는 점은 우리에게 잘 알려지지 않은 일이다. 커피와 우유를 주 품목으로 하는 네슬레로 칠레 정부가 분유를 무상으로 공급한다는 것 자체도 문제지만, 칠레에서의 성공사례가 다른 중남미 국가들로 번져갈 경우에는 더욱 큰 골칫거리가 되었을 것이다. 소아과 의사 출신인 아옌데가 내건 이 공약이 벽에 부딪힌 것은 칠레의 농장을 장악한 네슬레가 1971년 협력거부 방침을 결정하면서부터이다. 아옌데 정부는 네슬레에게 우유 구매를 요구했으나, 네슬레는 거부했다. 이때부터 아옌데 정부는 키신저를 비롯한 미국 정부와 네슬레를 축으로 하는 다국적기업에 의해서 고립되고, 결국 CIA와 결탁한 군인들이 대통령궁을 습격하게 된다. 그리고 아무 일도 없었던 듯이 칠레의 어린이들은 다시 영양실조와 배고픔에 시달리게 된다.

이 부분을 읽으면서 나는 가슴 한편이 먹먹해졌다. 깊숙이 공감을 할 수 있었다. 우리나라에서도 몇 해 전 무상급식과 관련해서 떠들썩했던 기억이 겹쳐지기도 했다. 애잔한 글을 읽을 때에도, 이와 같이 가슴 아픈 사실에 대한 글을 읽을 때에도 가슴이 아려오는 것은 격하게 글과 교감을 하고 있다는 뜻이다. 중요한 것은 배움이 아니고 교감이다. 몰랐던 사실을 알게 되는 것도 물론 의미가 있다. 하지만 지식 그 이상의 감정을 느끼기 위해 몰입하고 더 알고 싶어 하고 같이 웃고 같이 아파하는 교감. 그런 경지에 오른다면 나 자신도 모르는 사이에 글로서 다른 사람과 교감을 하게 되는 기분 좋은 경험을 하게 될 것이다.

글을 쓸 계획을 세우지 마라. 그냥 써라.
독창적인 문체는 오로지 글을 쓸 때만이 가능하다.

- P.D. 제임스

CHAPTER 18

이거 실화냐?

"이거 실화냐?" 참 재미있는 표현이다.

예전에는 "레알?"이라고 표현을 했던 이 말은 요즘 워낙 별나고 믿을 수 없는 일이 자주 일어나고 실제가 아닌 꾸며낸 일이 실제처럼 퍼져 사실을 구별하기 힘들어 생겨난 신조어다. 허구가 사실보다 더 사실로 받아들여지는 현실속에 살고 있지만 글은 그렇게 쓰면 안 된다. 판타지 소설이 아니라면 말이다.

"자, 편하게 쓰고 싶은 글을 써보세요."

글쓰기 수업에서 나는 수강생들에게 이렇게 말했다. 5분, 10분이 지나도록 세 줄을 넘긴 사람이 없었다. 자유로운 주제라 형식을 갖추지 않아도 되는데 말이다. 왜 이런 현상이 나타나는 것일까? 우리는 어려서부터 기계화된 수업을 받아왔다. 소위 '칭찬을 듣기 위한 글쓰기'로 가르침을 받아왔다. 솔직하고 투박하게 쓰면 지적받았고, 선생님으로부터 글이 고쳐지는 아픈 경험을 했다. 평준화된 사선으로 매정하게 선을 그어 '다른 생각'이 '틀린 생각, 틀린 표현'으로 치부했다. 그렇기에 글을 쓰라고 하면 어른 글 흉내 내기, 사람들이 좋다고 하는 글을 따라 쓰기로 우리는 길들여졌는지 모른다. 그 속에 내가 '실화'로 한 행동이 들어갈 자리는 없었다.

글을 쓸 때에는 내가 실제 경험한 일을 써야한다. 우선 내 생활 위주로 편안하게 써야 하는데 글쓰기에 대한 지식만 존재하기에 남의 말을 따라 쓴다. 내 생각을 가지려면 우선 자신만의 삶이 필요하다. 내 삶이 있어야 깊은 고민과 사색이 가능해 진다. 어려서부터 학습을 통한 찍어내기 식과 반 강제적인 주입식 교육 덕분에 우리는 '생각'이 없다. 생각을 말하려면 "쓸데없는 생각 하지 마"라며 묵살해버린다. 내 생각을 쓴다고 했지만 그 '내 생각'도 결국 보면 '남의 생각'인 경우가 많다. 요즘 많이 보이는 '인문학 수업'도 그런 식으로 가고 있진 않을까하는 우려가 생긴다.

그렇다면 "그래 이 이야기는 실화다!"라고 말을 하려면 어떻게 해야 할까? 우리가 이미 잘 아는 '육하원칙(六何原則)' 방법이 있다. 이것은 기사를 쓸 때 사용하는 여섯 가지 기본 요소에서 출발한다. 이 원칙을 우리 글쓰기에도 활용하면 아주 좋다. 5W 1H (who, when, where, what, how, why) 즉 '누가, 언제, 어디서, 무엇을, 어떻게, 왜' 이렇게 '서사문'으로 쓰면 좋다. 3.1 운동을 육하원칙에 따라 써보자.

> 1919년 기미년 3월 1일 (언제)
> 한반도 전 지역에서 (어디서)
> 거리로 나와 감추어둔 태극기를 흔들며 (어떻게)
> 3.1 만세 운동을 (무엇을)
> 우리 민족 (누가)
> 대한민국 자주 독립을 위해 (왜)
> 이렇게 쓰면 글이 명확해진다.

내가 직접 겪은 일을 쓰면 남의 글을 흉내 낼 이유가 없어진다. 편하게 '생각'을 쓰라고 이야기 해 봤자 좋은 결과를 얻기란 상당한 어려움이 따른다. 본 그대로, 들은 그대로, 한 그대로 쓰는 서사문은 모든 글쓰기의 시작이다. 아이나 어른이나 서사문 쓰기란 쉽지 않다. 훈련이 제대로 되어있지 않다. 서사문의 가장 중요한 특징은 시간과 인과관계에 있다. 시간의 흐름에 따라 사실과 상황은 변화하기 때문에 시간의 경과에 따라 겪은 과정과 결과를 밝혀 쓰는 것이 가장 좋다. 서사문을 쓸 때 생각해야 할 점은,

첫째, 글로 묘사하는 방법은 시간 순서에 따라 육하원칙으로

쓴다.

둘째, 글의 목적이나 용도에 따라 내용을 간결하고 구체적으로 쓴다.

셋째, 사건의 진실에 대한 객관적이고 공정함을 갖기 위해 시점(관점)을 잘 선택한다.

넷째, 과정과 인과관계를 명확하게 하고 삼단논법(서론, 본론, 결론)에 따라 글을 쓴다.

우리 삶을 표현하는 글쓰기. 잘 쓰기 위한 노력이 반드시 필요하다.

글을 쓰고 싶다면, 정말로 뭔가를 창조하고 싶다면,
넘어질 위험을 감수해야 한다.

- 알레그라 굿맨

CHAPTER 19

어른들의 글

나이를 먹어갈수록 좋은 점이 있다면 경험이
풍부해진다는 것이다.

　내가 직접 겪은 소중한 경험은 돈으로도 살 수 없다. 시간이 흐
를수록 도인(道人)처럼 자연의 이치에 대해 생각하게 된다. 나이
먹으면 누구나 철학자가 된다는 말도 있다. 그런데 글쓰기는 어
떨까? 어른들이 아이들보다 글을 잘 쓴다고 말할 수 있을까? 다
음 두 글을 비교해보자.

　　나팔꽃은 한 여름의 청명한 아침을 가져온다. 불타오르듯 한낮
　의 태양이 이글거릴 때면 이미 나팔꽃은 그 가련한 꽃잎을 오므려
　시들어버린다. 나팔모양의 생김새대로 나팔꽃이라 불리는 이 꽃은

다분히 서민적이어서 변두리 주택의 담장이나 시골집의 울타리에서 흔히 볼 수 있어 특히 어린아이들의 사랑을 받는 꽃이기도 하다.
　작년 여름엔 내 집의 마당 한 쪽에 넝쿨져 있었지만 아침이면 피는 꽃이거니 무심히 여길 정도였다. 그런데 올해는 고등학교에 다니는 막내 딸아이가 버려진 화분 하나에 나팔꽃의 씨앗을 뿌려놓아서 6월의 지루한 장마에도 이 꽃씨가 썩지 않고 오붓이 싹터 올라 파릇파릇 삐져 올라왔다. 나팔꽃의 새싹이 아직 제 모습을 드러내지 않아서 마당에 돋는 풀처럼 그 잎이 자랄 즈음, 제 오빠가 그게 풀인 줄 알고 그만 모조리 뽑아버리고 말았다.

　최봉희 산문집 〈빨간 앞치마를 입은 노인〉 가운데 '한 여름의 아침일기' 글의 한 부분이다. 이 글을 보면 아이부터 어른까지 누구나 이해하기 좋고, 문장도 간결하고 쉽다. 나팔꽃과 함께 하는 생활을 잘 그리고 있다. 글 속에 여유로움까지 느껴진다. 글이란 이처럼 쉽고 간결하게 써야 한다. 그럼 다음 글을 보자. 2010년 ㄷ일보 신춘문예 영화평론 부분 당선작의 한 부분이다.

　캣 우먼이 세상을 바라보는 시선은 전복적이며 위험스럽다. 한편 캣 우먼의 탈주를 바라보는 길고양이의 시선을 불길하기보단 천진스럽다. 이 개성적인 고양이의 시선은 박찬옥 영화의 출발점이 된다. 이것은 애초부터 '묘감도(猫瞰圖)'로서 세계를 바라보겠다는 단단한 각오처럼 느껴진다. 물신화 되고 타락한 인간의 시점이 아닌 고양이의 시점. 이 차별화된 시선이 신물 나도록 익숙한 프레임 속 장면들을 미치도록 낯선 풍경으로 만들어버린다.

이 글은 말을 '있어보이게' 쓴 글 같아 읽기에 약간 불편하다. 한자말 대신 우리나라 말로 쓰면 의미전달이 훨씬 더 쉽고 편할 텐데 말이다. 그 뿐 아니라 '전복적', '위험스럽다' 와 같은 말은 따지고 보면 한글어법이 아니다. '전복적'이 무엇이며, '위험스럽다'는 또 무엇인가. '묘감도'라는 말은 '고양이를 보는 그림'이라고 하는 것이 옳다. 어려서부터 우리는 어른들의 글을 최대한 흉내 내야 상을 받고, 한자어와 서양말을 그럴듯하게 써야 지식인으로 인정을 받는 환경에 살아왔다. 그런 교육에 익숙해있기에 문제제기도 하지 않았다. 모든 글을 정해진 틀 안에 쓰도록 강요받은 것 같아 안타깝다.

해결법은 명확하다. 우리 자신의 풍부한 경험과 삶을 글로 써야 한다. 우리 일상에서 입으로 내뱉는 말을 써야 한다. 좋은 문장을 쓰는 길 역시 살아있는 우리 말, 우리 감성이 담긴 글로 하는 것뿐이다. 그것이 유일한 길이라 할 수 있다. 그것이 어색하고 힘들다면 우리 아이들이 쓴 글을 읽어보기를 권한다. 아직 어른들이 물들여 놓지 않았다면 아이들은 행동한대로, 본 대로, 들은 대로, 느낀 대로 글을 쓸 것이기 때문이다. 아이들에게 배우자.

CHAPTER 20

글쓰기의 원천

나는 책과 별로 친하지 않았다.

군대 시절 일과를 마친 후 너무나도 심심해 읽은 책을 제외하고는 말이다. 그런 내가 책을 가까이 하게 된 계기가 있었다. 사회에 관심을 갖기 시작한 때부터다. 그 전까지는 '내가 읽고 싶은 책'이란 것 자체가 없었다. 폭넓게 읽어야 한다는 생각에 사로잡혀 있었다. 사회에 관심이 생기자 관련 서적을 하나씩 읽었다. 관심이 있으니 책 읽기가 즐거웠다. 모르는 사실을 알게 해주는 것은 물론이고, 더 깊은 지식을 알아보려 노력도 하게 되었다. 독서의 첫 번째는 역시 지식습득에 있는 듯하다. 관심이 생기니 책을 읽고, 책을 읽으니 지식이 생기며, 지식이 생기니 또 다른 관심이 생기는 순 순환이 계속되는 즐거움도 있다. 독서를 통해 지식과 즐거움 두 마리 토끼를 잡을 수 있는 것이다.

"책과는 담을 쌓던 내가 독서의 즐거움을 맛보다니!"

책은 신선한 생각, 즉 영감을 얻을 수 있게 해준다. 책을 읽으면 여러 겪어보지 못한 길과 마주칠 수 있어 내가 미처 못 했던 생각이 떠오르기도 한다.

인간은 사고를 바탕으로 언어를 창조하고, 사고의 결과인 언어를 통해 자신의 생각을 다른 사람에게 전달한다. 또한 언어의 힘을 빌려 사고를 발전시킨다. 이처럼 우리는 사고한 내용을 언어로 표현하고, 언어를 통해 사고한다. 언어와 사고는 정확하게 일대일로 맞아떨어지는 관계는 아니지만, 양쪽이 서로 영향을 주고받는 긴밀한 관계를 유지한다. 언어는 생각과 느낌을 표현하는 수단일 뿐 아니라 생각과 느낌을 형성하고 규정하는 역할을 담당한다. 따라서 우리는 어떤 언어를 사용하느냐에 따라 생각이 달라질 수 있다. 이렇듯 언어가 우리 사고에 영향을 미치고 있기에 언어를 이해하는 일은 매우 중요하다.

이런 언어로 쓴 책, 책을 읽어야 생각의 폭을 넓힐 수 있다. 생각을 하지 못하면 글을 쓸 수 없다. 글을 잘 쓰는 사람치고 독서를 하지 않는 사람이 없는 것과 마찬가지다.

그렇다면 독서를 효율적으로 하는 방법은 무엇이 있을까? 연초가 되면 가장 많이 세우는 계획 중 하나가 바로 독서다. '올해 몇 권을 읽겠다.'는 계획이 대부분인데 나는 그렇게 할 필요가 없다 생각한다. 독서는 질(quailty)의 문제지 양(quantity)의 문제가 아니기 때문이다. 앞서 말한 바와 같이 끌리지도 않는 책을 억지로 읽는 것에 목표를 두는 것은 어리석은 행동이다. 소설을 좋아하는 사람이 억지로 전문서적을 읽는다면 짜증만이 남을 것이다. 가장 쉬운 책읽기의 시작은 자기가 좋아하는 분야의 책을 읽는 것이다. 나는 소설책을 좋아하지 않는다. 사회문제를 다루고 인문학을 다룬 책을 아주 좋아한다. 억지로 읽는 책은 남는 것이 없다. 일 년에 백 권을 읽어도 내가 그 속에서 얻는 것이 없다면 내용을 이해하고 공감한 것이 아닌 문자만 읽은 것에 지나지 않다 생각한다.

사람마다 책 읽는 방법에는 여러 가지가 있다. 가볍게 읽는 책이 아니라면 밑줄과 메모, 그리고 중요한 내용을 따로 노트에 적는 방법으로 책 읽기를 하는 것이 좋다. 사람의 기억은 휘발성이 있어 아무리 좋은 내용도 금방 잊는 경우가 대부분이다. 책을 읽어가며 마음에 드는 부분을 밑줄 치며 읽고 메모를 곁들이고, 또 따로 모아 노트에 정리하는 것. 이 휘발성 기억력을 이기는 좋은 방법이다. 손으로 직접 쓰는 행위를 통해 기억에 한 번 더 남게 되는 것이다. 그 후 책을 한 번 더 읽게 되면 처음 읽었을 때의 느낌과는 또 다른 생각과 감정이 우러나오기도 한다.

이런 식으로 책을 읽으면 어휘력이 늘어난다. 어휘력은 낱말의

형태(발음과 절차), 의미에 관한 지식의 모든 것이다. 특정 낱말
을 안다는 것은 그것을 소리 내어 읽을 수 있으며, 그 낱말의 뜻
을 알고 사용할 수 있음을 의미한다. 또한 낱말에 대한 지식 및
그 말을 적재적소에 사용할 수 있는 능력과 여러 상황에서 접하
게 되는 낱말들의 의미를 추론할 수 있는 능력까지 포함하는 것
이다.

　발음이나 철자에 관한 지식이 비교적 짧은 기간에 얻을 수 있
는 것이라면, 어휘력에 대한 지식은 오랜 시간의 학습을 필요로
한다. 그 학습의 지름길이 바로 독서인 것이다.

　아는 표현이 많을수록 글을 더 쉽게 쓸 수 있음은 당연한 것
이다. 이렇게 쌓은 어휘력을 그대로 지니고 있을 것이 아니다.
내 생각을 글로 표현하는 것에 내가 가진 어휘 창고를 개방하
도록 하자.

이야기는 시베리아 변경에 있는 것이 아니다.
작가에게 딱 들어맞는 경험이란 없다.
작가가 되기 위해 로데오 경기에 나가거나
황소와 싸울 필요는 없다.

- 토마스 맥구안

CHAPTER 21

글쓰기를 위한 독서법

그 옛날, 독서하는 사람에게는 다섯 가지 방법이
있었다.

첫 번째는 박학(博學)이다. 곧 두루 혹은 널리 배운다는 것이
다. 두 번째는 심문(審問)이다. 자세히 묻는다는 것이다. 세 번
째는 신사(愼思)로서 신중하게 생각한다는 것이다. 네 번째 방
법은 명변(明辯)인데 명백하게 분별한다는 것이다. 마지막 다섯
번째는 독행(篤行)이며 진실한 마음으로 성실하게 실천한다는
것이다.

그런데 오늘날 독서하는 사람은 두루 혹은 널리 배운다는 '박
학'에만 집착 할 뿐 '심문'을 비롯한 네 가지 방법에 대해서는 관
심조차 없는 듯 보인다. 또한 한나라 시대 유학자의 학설이라면

그 요점과 본줄기도 따져보지 않고, 그 끝맺는 취지도 살피지 않은 채 오로지 한마음으로 믿고 추종한다. 이 때문에 가깝게는 마음을 다스리고 성품을 찾을 생각은 하지 않고, 멀게는 세상을 올바르게 인도하고 백성을 잘 다스리는 일에 대해서는 관심조차 두지 않는다. 오로지 자신만이 널리 듣고 많이 기억하며, 시나 문장을 잘 짓고 논리나 주장을 펼치는 것을 자랑삼아 떠벌리면서 '세상은 고루하다'고 비웃고 다닌다.

영어영문을 전공한 사람에게 전자공학에 관한 글을 써보라고 하면 어떻게 될까? 말도 안 되는 설정이지만 아마 한 줄도 못 쓸 것이다. 그 분야에 대한 지식이 없기 때문에 쓰고 싶어도 쓸 수가 없다. 어떤 사안에 대해 잘 알고 있는지를 알고 싶다면 발표를 시켜보면 된다. 완전히 습득하고 이해하고 있는 사람은 발표할 때 떨지 않는다. 이미 잘 알고 있기에 말하는 것에 자신이 있고, 그 어떤 질문과 마주해도 겁날 것이 없다. 하지만 정확히 알지 못한다면 발표에 확신이 없고 질문을 받을까 조마조마해진다.

글쓰기를 위한 독서도 이와 다르지 않다. 아는 것이 많으면 불러올 수 있는 정보가 많고 표현할 수 있는 어휘도 많다. 그렇다면 지식을 많이 쌓기 위해 필요한 것은 무엇일까? 가장 빠르고 정확한 방법은 바로 '독서'가 그 답이다. 다독(多讀)은 독해력에 도움이 된다. 하지만 좋은 글을 쓰기 위해서는 그런 글이 나오게 만들어주는 책을 골라 읽는 것이 좋다. 대화나 토론을 해보면 그 사람의 수준이 나타난다. 책을 많이 읽는 사람과 그렇지 않은 사람의 언어 구사 수준 즉, 어휘는 크게 차이가 난다. 어려운 말을 쓰는 것을 뜻하는 것이 아니다. 상황에 맞는 단어 선택과 듣는 이가 제대로 이해할 수 있는 어휘의 선택. '독서 내공'이 쌓여야만 나오는 결과다.

한국 사람은 한국어가 모국어다. 그러나 같은 언어를 쓴다고 해서 글의 사용 수준이 다 같은 것은 아니다. 특히 일상생활 문제가 아닌 사회문제와 같이 비교적 어려운 사안에 대해 본인이 가지고 있는 생각을 말하기란 쉬운 일이 아니다. 그것을 글로 쓰라고 하면 더 어려울 것이다. 이전 대통령이 기자회견에서 질문을 받지 않고, 국민과의 대화를 하지 않은 것은 깊이 있는 토론 자체가 불가능했기 때문이다. 자신의 생각을 정리해서 논리에 맞게 국민들을 설득시킬 자신이 없기에 대화를 차단한 것이다.

쓸 수 있는 어휘의 수는 지식수준에 비례한다고 할 수 있다. 텔레비전 토론에서 초등학생 같은 어휘 수준을 보여주는 참가자를 간혹 볼 수 있다. 학력이 높다고 지식수준도 그와 동일하다고 볼 수 없는 이유다.

나는 요즘 John Stuart Mill의 《자유론》을 읽고 있다. 150년 전에 쓴 책이지만 표현과 어휘의 적절함을 통해 책을 읽는 사람이 이해하기 쉽다는 느낌을 준다. 《자유론》과 같은 인간, 사회, 생명, 종교, 역사를 이해하는데 도움을 주는 책, 이오덕 선생의 책과 같이 정확하고 바른 문장을 구사하는 책 등이 글쓰기를 위해 꼭 필요한 책이라 하겠다.

좋은 책이라 느껴진다면 두 번, 세 번, 그 이상이라도 반복해서 읽기를 권해본다. 같은 책을 두 번 읽으면 '어? 이런 내용이 있었나?' 하게 된다. 휘발성이 강한 기억은 우리가 원하는 만큼의 기억 유통기한을 보장해 주지 않는다. 사람들은 한권의 책을 다 읽으면 정말 '다' 읽은 것이라고 생각한다. 내가 이해가 잘 되지 않았다면 그것은 '읽은 것'이 아니다. 같은 책 두 번 읽는다고 누가 뭐라고 할 사람도 없다. 한 권을 읽어도 제대로 읽어야 한다. 논리력이 강한 글을 쓰기 위해서는 추상적인 어휘력을 많이 쌓고 의미전달이 명확한 글을 쓸 줄 알아야 한다. 그래야 하는 이유는 명확하다.

말을 하거나 글을 쓸 때 머릿속 어휘의 '빅 데이터(big data)'를 가지고 있다면 내가 원하지 않아도 상황에 맞는 단어와 문장이 손과 입을 통해 출력되기 때문이다. 듣도 보도 못한 단어와 문장을 사용한다는 것은 불가능하다.

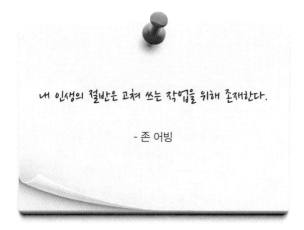

내 인생의 절반은 고쳐 쓰는 작업을 위해 존재한다.

- 존 어빙

CHAPTER 22

정직한 글과
가치 있는 글

신문을 보면 우리 국민 한 사람이 일 년에 읽는
책이 한 권이 채 안 된다는 기사를 보곤 한다.

반면, 글을 쓸 공간은 예전에 비해 굉장히 많아졌다. 인터넷의
발전으로 블로그, 포스트, 카페, SNS등 다양한 글을 쓸 공간은 예
전에 비해 굉장히 많아졌다. 이렇게 보면 우리는 글 홍수 시대에
살고 있는 듯하다. 우리는 어떤 글을 써야할까? 단 한 줄을 쓰더
라도 기본에 충실하고 정직하며 가치 있는 글을 써야 한다고 생
각한다. 정직한 글을 써야 하는 이유는 무엇일까? 세 가지 이유
를 들고 싶다.

첫째, 순수한 마음을 가꾸기 위해서다. 사람의 바탕은 바로 '정

직'으로 구성되어있다. 누구나 성인이 되어도 곧고 바르게 순수한 마음으로 살고 싶어 한다. 그들 중 정직함으로 글을 쓰고 싶어 하는 사람이 있다면 그는 순수함으로 자신을 바라보고 싶은 마음이 존재하는 것이다. 정직한 마음이 바탕이 된 순수한 글을 써보자.

둘째, 내 삶의 또 다른 속마음을 알아보기 위해서다. 내가 나를 모르면 남도 나를 알 수가 없다. 자신에 대해 깊게 들여다보고 고민해 본 적이 있는가? 몽테뉴는 자각이 단지 개인생활을 경험으로 관찰해보고 분석해봄으로써 실현된다고 했다. 그는 정치에서 손을 땐 후 9년 넘게 자신을 분석했다.

"다른 사람들은 늘 어디론가 가고 있다.……나는 내 자신 안에서 맴돌고 있다."

나 자신을 분석한 뒤 얻은 결과는, 하루하루, 몇 주가 지나가는 동안 내 자신이 계속 변하고 있다는 것이다.

"오늘의 '나'와 이전의 '나.' 그것은 완전히 다른 두 종류의 인간이다. 그러나 어떤 것이 더 나은지 말할 수 없다. ……나는 술에 취해서 비틀거리고…… 바람 따라 이리저리 흔들리는 갈대와 비슷하다."

계속해서 변하는 존재로서의 '나'를 몽테뉴는 파악할 수 없었다. 하지만 그는 자기 성찰을 통해 자유를 얻을 수 있었다. '나' 자신을 분석한다는 것은 끝이 없으며 그 깊이를 알 수 없는 것으로 판명 났다.

"날마다 새로운 생각이 떠오른다. 우리 기분은 시시각각 변하고 있다."는 사실을 명심하라. 글쓰기는 그런 내 마음을 들여다보기 아주 좋은 도구이자 시간이다. 솔직하게 써 내려가는 내 모습에 많은 것을 느끼고 얻게 될 것이다.

셋째, 내 삶을 바로 보고 건강한 삶의 태도를 가지기 위해서다. 우리는 내가 가진 것보다 남이 가진 것을 마냥 부러워하며 살고 있다. 우리 마음이 시기와 질투, 욕망으로 가득 차도록 조물주가 창조했다. 돈 앞에는 그 무엇도, 심지어는 살인까지도 서슴지 않는 이 시대에 얼(정신, 넋, 혼)이 빠져나가면 내 모습을 절대 바로 볼 수 없다. 자기 성찰의 시간이 인간에게는 꼭 필요하다. 정직한 글을 쓰는 시간은 나를 바라보는 시간이다. 내가 어떻게 살아왔으며 앞으로 또 어떻게 살아가야하는 지에 대한 스스로의 물음이자 대답의 시간이다.

지금까지 우리는 사회가 원하는 대로 순응하며 살아왔다. 진실한 글을, 정직한 글을 쓰는 것은 본래 어렵지 않은 일이다. 있는 그대로를 보고, 듣고, 느낀 그대로 쓰면 된다. 하지만 그렇게 쓰는 것을 어려워하고, 흉내 내고, 거짓으로 쓰는 것이 더 쉽다고 느껴진다면 안타까운 현실이 아닐 수 없다. '다름'이 아닌 '틀림'을 발견한다면 바로 잡아야 옳은 것이다.

글은 솔직하게 써야 한다. 때로는 그 솔직한 글이 타인 혹은 어떤 집단에 해를 끼치는 경우도 발생한다. 표현의 자유는 누려야 하지만 그에 대한 책임도 내 것이라는 것을 알아야한다. 내가 쓴 글이 가지고 올 파장을 고려하지 않고 쓰면 절대 안 된다. 내 자유는 남을 해하지 않는 한에서 무한한 것이다. 끝임 없이 보장된 것이 아니다.

또한 글은 가치 있게 써야 한다. 무인도에서 출간되어 아무도 읽지 않을 글을 쓰는 것은 아니다. 인간은 자기의 체험을 전하는 것에 흥미를 느낀다. 다른 사람들에게 흥미를 줄 수 있는 글로 함께 공감할 수 있는 글을 쓰면 더욱 좋다. 공감이 되는 글은 단순하다. 읽는 이들의 관심거리가 되면 된다. 그것이 곧 가치가 있는 글이 된다. 나 혼자 읽고 나 혼자 재미있어 하는 글은 무언가 아쉽다. 조심해야 할 것은 아무리 많은 사람들이 관심을 가지고 있는 소재라 할지라도 풀어내는 말이 어렵고 까다로운 글이라면 형편없는 글로 치부되어 가치를 인정받기 어렵다. 흥미와 재미 그리고 의미가 더해지면 더욱 가치 있는 글이 된다.

가치 있는 삶을 살기 위해서는 가치 있는 글을 써보자. 단순히 글을 만들어 소비하는 것에 그치는 것이 아닌, 삶과 인생이 담긴 글을 써보도록 하자. 정직한 글과 가치 있는 글은 당신의 삶을 풍요롭게 만들어 준다.

작가라면 그 누구든 결국 빈 공책이나 모니터 화면을
바라보아야 한다. 문장을 떠올리기 위해라면
방망이로 자기 머리라도 내리쳐야 한다.

- 오클리 홀

CHAPTER 23

글쓰기 원칙

세상을 살아보니 대답하기 힘든 질문이 하나 있다.

'왜 사느냐?' 당신은 이 물음에 자신 있고 또렷하게 말할 수 있는가? '왜 사느냐'고 사람들에게 물어보면 크게 두 가지 중 하나다. '자신의 꿈을 이루기 위해'가 있고, 또는 '죽지 못해 산다.'가 있다. 만약 국민 모두에게 이 질문을 던진다면? '행복하기 위해 산다.'는 대답이 많다면 그 나라는 희망이 있는 잘 사는 나라에 속할 것이다. 그 반대로 '죽지 못해 산다.'는 국민의 대답이 많다면 희망보다는 어둡고 앞이 잘 보이지 않는 나라일 확률이 높다. 이런 질문을 글쓰기에 비추어 생각해 보면 어떻게 될까? "글을 왜 쓰시나요?" 아마 네 가지 경우가 있지 않을까?

첫째, 조직 속 누군가의 지시에 의해 어쩔 수 없이 써야 하기
때문에
둘째, 자신의 이익을 위해
셋째, 글이 뽑혀 상을 타는 것에 목적이 있어서
마지막, 글 쓰는 것이 좋아서

지시에 의해 어쩔 수 없이 쓰는 글에는 보고서, 기안서, 시말
서, 사과문, 안내문 등이 있다. 자신의 이익을 위한 글은 광고 홍
보, 계약서, 설명서 등이 있을 수 있으며, 상을 타는 것에 목적이
있다면 백일장에서부터 신춘문예 당선을 위한 글쓰기가 있겠
다. 마지막은 소설, 시, 동화와 같은 문학작품의 글이 되겠다. 네
가지 이유 중 어떤 것이 목적이든 한 가지 알아두어야 할 것이
다. 일을 함에도 내가 하고 싶은 일을 해야 능률이 오르고 재미도
있듯, 글도 쓰고 싶어서 써야 좋은 글이 나온다. 내가 진정 하고
싶은 이야기, 그것을 꼭 알려주고 싶어 쓰는 글은 진짜 글이 되어
읽는 사람이 바로 느낄 수 있다. 쓰기 싫지만 어쩔 수 없이 꼭 써
야 하는 글이라면, 글을 써야 하는 이유를 살짝 돌려 조금이라도
즐거운 마음으로 쓰도록 마음을 바꾼 다음 쓰는 것은 어떨까? 글
속에는 쓰는 사람의 감정이 함께 들어있음을 기억하자.

나를 표현하는 방법 가운데 가장 좋은 것은 바로 글쓰기라고
생각한다. 인간은 내 생각과 주장을 남에게 알리고 싶어 한다. 말

과 글 모두 좋은 수단이 된다. 글쓰기를 싫어하는 사람은 '내 주제에 무슨 글이냐', 또는 '귀찮고 어려워서 못 쓰겠다' 하는 사람들이 대부분이다.

좋은 글은 쉽게 쓴 글, 정확하게 쓴 글이다. 반대로 나쁜 글은 틀린 사실을 쓴 글, 어려운 말로 유식을 자랑하기 위해 쓴 글이다. 좋은 글은 내가 하고 싶은 말, 내 생각을 누가 읽어도 잘 이해가 가도록 쓴 글이다. 그 내용에 동의하고 안 하고는 다른 문제다. 내가 하는 말이 정확하게 전달되어야 한다. 사람 사는 세상에 대한 이야기, 어떤 사물에 대한 이야기, 소식 전하기, 자연 그대로를 묘사하기 등 그 어떤 글도 마찬가지다. 올바르게 쓴 글만이 좋은 글이라 할 수 있다. 혹시 내가 직접 겪지 않은 일을 쓰더라도 그 이야기를 잘 듣고 적어 생생하게 보여주는 글쓰기 또한 가치가 있다.

우리가 다시 한 번 깨달아야 할 점은, 겪은 그대로 생생하고 정직하게 쓴 글은 '수준이 낮은 글'이고, 이리저리 꼬아서 어려운 말을 전부 가지고 와 화려하게 치장한 글이 '좋은 글'이라는 생각이다. 이러한 생각을 깨지 못할 때, 어른은 물론이요 자라나는 아이들도 보고 흉내 내는 글에서 벗어나지 못하게 된다. 글쓰기의 미래를 위해 생각을 바꿔야 할 때다.

다음은 글쓰기 전략을 세우기 위한 몇 가지 요령이다. 초보자라면 아래의 요령을 숙지하자.

전략1. 초고는 '좋은 글이 아니어도 상관없다'는 기분으로 가볍게 작성한다.

초고를 얼마나 완벽하게 작성해야 하는가는 정확한 기준이 없다. 또 초고 작성에 얼마만큼 시간이 걸려야 하는가에 대해서도 명확한 기준은 없다. 어떤 사람은 초고에 오랜 기간 공을 들여 완성품에 가까운 글을 작성하기도 한다.

그러나 초보자의 경우 이런 방식은 바람직하지 않다. 아무리 공을 들여도 초고 상태는 불완전하기 마련이다. 따라서 초고는 수정을 한다는 것을 전제로 가볍게 쓰자. 초고가 좋지 않다고 실망할 필요는 없다. 그것을 여러 번 고치면 된다. 아무리 나쁜 초고라도 고치면 반드시 좋은 글이 된다는 사실을 명심하자.

전략2. 중요한 요점을 상세히 만들어두자.

개요 작성이 상세히 되어 있으면 글을 작성하기가 비교적 쉽다. 초보자일수록 개요를 자세히 작성할 것을 권한다. 개요가 상세하면 글의 연결을 부드럽게 할 수 있고, 전체 흐름을 유지할 수 있다. 개요를 상세하게 작성해 손해 볼 일은 없다. 그러나 글을 쓰다 보면 개요 작성하기가 귀찮을 때가 많다. 또 마음이 급해 글부터 쓰고 보기도 한다. 이런 경우 완성하기까지 더 오랜 시간이 걸린다는 점을 기억하자.

개요에 관해 한 가지 명심할 것이 있다. 글을 작성하다 보면 개요를 수정해야 할 경우가 생기는데, 이럴 경우 처음 작성한 개요를 굳이 고집할 필요는 없다. 개요는 좋은 글을 쓰기 위한 나침반이며 설계도와 같다. 개요를 수정할 필요가 있을 때는 과감하게 수정해도 좋다.

전략3. 시작되는 첫 문장을 준비해두자.

첫 문장을 시작하기가 어렵다고 하는 사람들이 많다. 첫 문장을 쉽게 쓸 수 있는 방법은 개요를 작성할 때 미리 첫 문장을 만들어 두는 것이다. 가볍게 툭툭 던지는 말로 시작하면 다음 문장을 쓰기가 훨씬 수월해진다.

전략4. 앞 문장을 읽어 가며 글을 쓴다.

작성 중에 한 문장을 쓰고 다음 문장을 쓸 때 반드시 앞의 문장을 잘 살펴 문장 연결에 이상이 없도록 해야 한다. 글을 쓸 때는 반드시 위에서부터 문장을 읽어 내려오면서 써야 한다. 이렇게 해야 글이 엉뚱한 방향으로 흐르는 것을 막을 수 있다. 글은 읽어 가며 써야 한다는 사실을 기억하자. 최소 한 두 세 단락 위에서부터 읽어 내려오며 문장을 작성하는 습관을 키우자.

전략5. 발상과 개요 작성 때 가졌던 감각을 끝까지 유지하자.

초고 작성은 개요를 작성할 때 가졌던 감각이나 기분을 유지하면서 작성한다. 그렇기에 글을 작성할 때는 쉬는 시간을 너무 오래 갖지 않는 것이 좋다. 때에 따라서는 며칠 동안 글을 쓰지 않다가 글을 작성하는 경우도 있다. 이런 때는 개요를 다시 읽고, 개요 작성 때 가졌던 감각이 살아나도록 분위기를 다시 만들어 가는 것이 필요하다.

전략6. 좋은 글을 옆에 두고 참고하자.

초보자의 경우 모범이 되는 글을 옆에 두고 참고하며 쓰는 것이 도움이 된다. 자신이 쓰고자 하는 주제와 관련된 모범 글이 있다면 옆에 두고 모방하며 쓰는 것이 좋은 글을 쓰는 방법 중 하나이다. 글을 문투는 사람마다 특색이 있다. 좋은 문장, 문투를 참고하다 보면 문장 실력이 향상되는 것을 느낄 수 있을 것이다.

위 여섯 가지 방법을 참고해서 쓴다면 처음 글을 쓴다하더라도 비교적 쉽게 접근할 수 있다고 생각한다.

첫 줄을 쓰는 것은 어마어마한 공포이자 마술이며,
기도인 동시에 수줍음이다.

- 존 스타인벡

CHAPTER 24

내가 쓴 글에 책임을?

우리는 글 속에 파묻혀 산다.

온갖 종류의 온라인 글에서부터 주변에 있는 서류 뭉치들까지. 혼자 쓰고 혼자 읽는 글은 일기밖에 없다 (누가 훔쳐보지 않는다는 전제에서 말이다). 글은 결국 누군가가 보게 된다. 어차피 누군가가 보게 될 글이라면 글을 쓸 때 다른 사람에게 보여주라고 하고 싶다. 내가 쓴 글에 대한 평가를 받아보는 것이다. 그 평가는 읽는 사람마다 다를 것이다. 비평하는 사람, 옹호하는 사람. 당당하게 평가를 받자. 평가를 받지 않으면 발전 또한 없다.

글로 내가 알고 있는 지식을 뽐낼 수도 있다. 하지만 진정 의미 있는 글은 소통하고 교감하려고 쓴 글이다. 읽는 사람의 공감을 이끌어 내지 못한다면 토론으로 이어져도 좋다. 화려하게 쓴 문장보다는 마음에 울림을 주는 글이 좋은 글이다.

올 초, 인터넷에 기사 하나가 올라왔다. '2017년 올해의 인기 여행지 5곳'. 미국, 유럽 그리고 아시아의 여행 전문가들의 의견을 반영해 한 잡지사에서 기사로 올린 글이다. 추천한 국가 여행이 왜 좋은지에 대해 나름의 이유를 들어 소개했다.

〈핀란드, 호사 국립공원〉 북유럽이 궁금하다면 핀란드를 주목하자. 올해 독립 100주년을 맞아 다채로운 프로젝트가 곳곳에서 열리고 있다. 호사 국립공원 역시 독립 100주년을 기념해 관광객에게 공개됐다. 핀란드의 보물이라 불리는 이곳에서 오랜 시간 사람 손을 타지 않은 날것의 자연과 조우해볼 것. 산책을 하며 베리를 따 먹고 엘크와 순록을 만나는 핀란드 여름 숲 산책에 로망이 있다면.

이 기사를 읽은 후 느낌은 각자 다를 것이다. 기사에 대한 느낌을 표현하는 것은 자유로운 평가방식이다. 그 중 'osjh'라는 아이디를 가진 사람이 쓴 댓글이 눈에 들어왔다.

"*국내여행해라. 다 가봤자 아무것도 없다. 여행사들에 놀아나지 말자.*" 기사가 마음에 들고 안 들고를 떠나 여행을 좋아하는 나로서는 그냥 지나칠 수 없는 댓글이었다.

"*기사에 따를 이유는 없지만, 해외여행 전체를 매도하는 글이군요. 국내나 해외나 좋은 곳은 좋은 곳입니다.*" 그 댓글에 나는 짧은 댓글을 다시 달았다. 몇 시간 후 'osjh'가 쓴 댓글은 삭제되었다. 욕을 쓴 것이 아니기에 해당 포탈에서 임의로 삭제한 것은 아닌 듯하다. 스스로 지운 것이다. 왜 자기가 쓴 글을 지웠을까? 나 말고도 몇 명의 사람들이 비슷한 댓글로 반박한 것이 신경 쓰였 을까? 보통 댓글은 길게 쓰기 보다는 짧은 글로 쓴다. 댓글의 길 고 짧음이 중요한 것이 아니다. 내 생각은 얼마든지 써도 좋지만 그것에 대한 책임도 질 줄 알아야 한다. 그것이 내 글에 대한 책 임 있는 자세다. 그 기사가 마음에 들지 않았다면 이유를 대야 한 다. 댓글을 남기고 여론이 좋지 않으니 바로 삭제해 버리는 글은 내 글에 대해 아무런 자신이 없는 것이다. 만약 댓글이 기사의 문 제점을 합리적으로 지적하는 글이었다면 어땠을까? 글을 쓴 기 자가 긍정적인 태도를 갖고 있다면 그 댓글을 읽고 문제점을 인 식해 고치려 노력할 것이다. 인터넷은 빠르게 사람들의 반응을 파악할 수 있다는 점에서 긍정적이다. 글을 쓴 기자도, 댓글을 단 사람도 자기 글에 책임을 지고 비판을 수용하는 것이 좋다. 글을 쓴 그 누구든지 자기의 글을 타인에게 공개해 비평, 동의, 야유 등의 평가를 받아보자. 설사 혹평을 듣는다 하더라도 너무 두려 워할 필요는 없다. 다 내 글에 관심이 있기에 하는 말이라고 생 각하면 편해진다. 받아들일 것은 받아들여 고치면 된다. 나 혼자 쓰고 읽고 즐거워할 글은 글로서의 의미가 없다. 그렇게 단련된 글은 빛나게 할 수 있다는 사실을 잊지 말자.

　나는 관심이 가는 기사에 대한 댓글을 종종 다는 편이다. 이왕 이면 수준 있게 쓰려고 노력한다. 비판도 칭찬도 마찬가지다. 맞춤법과 띄어쓰기는 기본이요. 내 의견에 대한 진실성과 근거를 담아 쓰려한다. 내 댓글에 대한 댓글이 달린다. 내 글에 같은 의견도 다른 의견도 대부분 수준이 높다. 내가 수준 있는 글을 쓰면 댓글도 주로 수준 있게 달린다. 내가 뱉은 말에 책임을 져야 하듯, 내가 쓴 글에도 책임을 진다는 생각으로 쓰자.

나는 소설을 통해 내 무의식을 탐구한다.
대개는 글을 쓰기 전까지 내게 무슨 일이 일어날지
짐작조차 하지 못한다.

-재닛 피치

CHAPTER 25

분명하고 구체적으로

"그래서 하고 싶은 이야기가 뭐야?"

　말을 돌려서 이야기 하는 경우, 혹은 횡설수설할 경우 결국 이런 질문이 들어온다. 글도 횡설수설 하듯 돌려서 쓰면 아무도 이해할 수 없는 글이 된다.

　횡설수설하는 글은 왜 나오는 것일까? 가장 큰 이유는 자기 수준을 너무 높게 보기 때문이 아닐까. 실제 글쓰기 능력보다 많은 욕심을 내는 것에서 비롯된다. 가능하면 아름다운 말로 꾸며 공감을 끌어내기 위한 살을 덧붙이려 한다. 할 얘기는 점점 많아지고 꾸며야 할 일도 많아지면 자연적으로 글은 길어지게 될 것이다. 글쓰기에는 절제가 필요하다.

　온갖 치장을 한 글은 알맹이가 보이지 않게 된다. 원래 맛을 느낄 수 없고 포장된 맛이 눈과 귀를 마비시켜 본연의 담백함이 사라지는 것이다.

말이나 글 모두 욕심을 부리는 순간 길을 잃게 된다. 연말 회식 자리에서 사회를 볼 때면 '가족 오락관' 허참 선생님을 능가할 정도로 유창한 말솜씨를 뽐내지만 사장님 앞에서 하는 발표가 여간 긴장되는 것이 아니었던 이유는 단 한 가지다. 내가 가진 능력과 준비한 노력보다 더 잘하려는 욕심을 부렸기 때문이다. 청심환을 먹는다고 해결 될 문제가 아니다.

횡설수설을 잡는 좋은 방법이 여기 있다.

첫째, 되도록 한 가지 주제에서 벗어나지 말 것. '김밥천당'처럼 메뉴만 50가지가 넘는 곳은 제일 맛있는 음식이 기억나지 않는 법이다. 요점에서 벗어나지 말자.

둘째, 마른 수건 쥐어짜듯 감동을 불러내지 말자. 앞서 강조한 바와 같이 '내 글은 세상에 없는 지식을 담고 있어야 해'라는 허황된 꿈을 버리자. 이 세상에 존재하는 모든 것은 이미 누군가 말했거나 실행한 것이다. 지구상에 새로운 것은 아무것도 없다.

셋째, 논리 정연함도 좋지만 가장 우선은 진정성이다. 논리는 중요하다. 하지만 그보다 중요하고 기본이 되는 것은 정직함이다. 아이들의 글이 때론 깨달음을 주고 글 자체로 봐도 어른들의 글보다 뛰어난 경우가 바로 여기에 있다.

횡설수설하는 글이 나오는 또 한 가지 이유는 내가 할 이야기가 아직 정해지지 않았기 때문이다. 글은 쓰고 싶은데 아무런 생각이 나지 않는 것은 준비가 되지 않은 것이다. 하고 싶은 이야기가 분명하다면 머뭇거릴 이유가 없다. 그것을 표현하는 방법에 신경이 쓰일 뿐이다. 하고픈 말이 불분명하기에 글이 두서없이 갈피를 못 잡는 것이다.

글에 대한 주변의 평가에 겁먹지 말자. 누군가는 내 이야기에 맞장구를 친다. 모든 사람이 공감할 수 있는 글을 써야한다는 욕심을 버리자. 쓸데없는 생각은 과감히 버리고 명확한 글을 위해 다음의 세 가지만 명심하자.

1. 주제. 내가 이 글을 쓰는 목적을 잊지 말자. 어떤 말을 통해 사람들에게 영향을 주고 싶은지를 항상 기억하자.
2. 얼개잡기. 글의 기둥을 세우고 명확하게 제시하자.
3. 군더더기 없는 문장. 요점만 정확하게 집어주는 간단명료한 문장을 연습하자.

이 세 가지를 기억하고 내가 느낀 그대로, 겪은 그대로, 아는 그대로 쓰자. 꾸미려 노력하지 않을 때 오락가락 하는 글은 나오지 않는다.

CHAPTER 26

목소리 큰 사람이 이긴다?

도로 한 복판, 한 사람이 차에서 내린다.

다짜고짜 뒤차로 걸어간다. 뒤에 있던 차에서도 사람이 내린다. 둘이 트렁크와 보닛 사이에서 만난다. 고성이 오간다. 도로위에서 벌어지는 접촉사고 풍경이다. 말이나 글로 상대방과의 소통을 위해서는 주장하는 것과 사실을 구별해야 한다. 주장을 할 때는 근거를 제시해야 한다. 그 근거가 바로 논증의 필수요소다. 요즘 차 안에는 블랙박스가 대부분 부착되어있어 잘못을 두고 싸울 이유가 없어졌다. 영상을 보면 진실은 밝혀진다. 하지만 그런 '결정적 근거'가 없다면 상대 잘못이라는 근거를 제시해야 한다.

'불평등한 대한민국 사회'에 대한 한 토론을 본 적이 있다. 각

토론 참석자들은 각자 자신의 주장을 펴고 있었다. 한 참석자가
주장했다.

"지금 우리나라 불평등의 여러 원인 중 하나는 소위 초 대기업
의 경제 독식에서 시작된다. 노동시장에서 실제 고용은 10%가
채 되지 않지만 벌어들이는 돈은 우리나라 전체 2/3를 가지고 간
다. 그렇게 벌어들인 돈을 재투자나 실업률을 줄이는 고용 창출
에 쓰지 않는다. 그나마 투자도 해외투자가 대부분이다." 그러자
상대방 편에서 반박했다.

"그렇지 않다. 현재 우리나라 대기업은 많은 정책을 통해 일자
리 창출에 기여한 것이 사실이다."

과연 어느 쪽이 맞는 말일까? 주장을 논증한 쪽이 맞는 것이다.
문제를 제기한 쪽에서는 지난 30년간의 대기업 순 이익과 같은
시기의 노동자 임금에 대한, 그리고 고용률에 대한 그래프와 수
치를 자료로 제시했다. 국가 기관에서 조사한 데이터를 가지고
이야기를 하자 상대방은 얼버무리는 말로 넘어갔다. 주장은 누
구나 할 수 있다. 그러나 근거 없이 주장만 하게 되면 대화가 싸
움으로 흘러가거나 유치한 말다툼이 되어 버린다. 논증은 주장
을 하는 쪽, 혹은 의문을 제기하는 쪽에서 해야 한다. 예전에 보
았던 국회 대정부 질문 뉴스가 생각난다. 한 국회의원이 서울시
교육감에게 질문한다.

"엠에스 오피스를 왜 마이크로 소프트에서만 구입을 하셨죠?

이거 독점 계약을 통한 위반입니다. 사과하세요!"

"아니 그럼 엠에스 오피스를 마이크로 소프트에서만 판매를 하는데 어디서 사야 합니까?"

"아니! 왜 엠에스 오피스를 마이크로 소프트에서만 구매를 합니까? 이거 교육감이 그 업체와 결탁해서 벌인 일 아닙니까?"

"……"

희극 방송이 아니다. 실제 벌어졌던 일이다. 논증이 없는 주장과 비판은 절대로 공감을 얻지 못한다. 소통은 저 멀리 달아난다. 위와 같은 질문이 가능하려면, 공공기관용 '엠에스 오피스' 제품을 판매하는 공급처가 여러 곳이 있는지를 먼저 확인하고, 실제 어떤 경로를 통해 이루어 졌는지를 면밀히 파악한 후 주장을 해야 한다. 아무 근거 없는 그 국회의원의 비판은 어린아이의 '땡깡'과 같이 수준 떨어지는 주장, 그 이상도 이하도 아니다. 우리는 오랜 시간동안 주장을 뒷받침하는 논증보다는 안하무인격 목소리 큰 사람이 지배하는 사회를 겪어왔다. 그곳에 '합리적 논증' 따위는 사치였는지도 모른다.

그런 시대는 이제 막을 내려야 한다. 많이 바뀌었는지, 아직도 이런 풍토가 남아있는지 잘 모르겠다. 하지만 대화와 소통이 개인과 사회 그리고 국가에 미치는 영향이 얼마나 큰지를 그동안 잘 봐왔기 때문에 이제는 합리적이고 보편적인 상식이 통하는 그런 사회를 위해 노력해야 한다. 글에는 내 주장을 듬뿍 담자. 그리고 반드시 그 주장을 뒷받침해주는 논증을 거쳐 내 주장에 힘을 실어주자.

CHAPTER 27

글이 삶이고 삶이 글이 되게 하자

행복한 인생을 살기 위해서는 왜 사는지부터
고민을 해야 한다.

　무엇을 위해 사는지, 그것부터 고민을 한 후 인생의 방향을 정
해서 나아가야 행복한 삶을 살 수 있다고 믿는다. 글쓰기도 그렇
다. 글을 잘 쓰기 위해서는 왜 글을 쓰는지를 잘 생각해볼 필요가
있다. 글쓰기는 남의 생각을 쓰는 것이 아닌, 내 생각과 내 안의
모습을 나타내는 행위다. 내 속에 있는 내가 바르지 않다면 좋은
글이 나올 확률은 적다. 내면이 훌륭해야 글도 훌륭하게 나온다.
온 몸으로 느낀 그 감정을 토대로 글을 쓰는 것이다. 인터넷에 보
니 두 달 정도 글쓰기 교육을 하는데 천만 원 이상의 돈을 받는
곳이 있다. 글을 쓰고 그것을 책으로 내는 과정은 돈만 투자해서

얻어지는 것이 결코 아니다. 돈으로 사람의 내면이 깨끗해지고 훌륭해 지는 것이 아니기 때문이다. 글은 단 한 줄을 써도 다른 사람의 마음을 움직일 수 있다면 그것으로 가치가 있는 것이다.

마음이 힘든 사람을 위한 글이 있다고 가정해보자. 그 글이 진정 힘든 사람들에게 공감을 주기 위해서는 우선 교감을 통한 공감이 있어야 한다. 힘든 일을 겪어본 일이 없는 사람은 상대의 마음을 절대 느낄 수 없다. 불가능하다. 한 번도 버스를 타본 적이 없는 대기업 2세가 출퇴근 직장인의 고통을 느낄 수 없는 것과 같다. 글은 내면을 표출하는 수단이라고 했다. 무언가를 표현하고 싶을 때 우리는 말이나 글을 사용한다. 가치 있는 것을 가진 사람은 그것을 표출해 다른 사람의 마음을 움직일 수 있다.

영국의 어느 교수가 '인간이 가장 행복함을 느끼는 순간'에 대한 연구 결과를 발표했다. '돈'이 많으면 행복할 것이라는 가정을 세우고, 영국 부자들을 관찰했다고 한다. 하지만 그들은 더 많이 가진 사람을 부러워하고 자신이 가진 어마한 돈에 만족을 못했다고 한다. 오히려 그들의 행복지수는 평범한 소시민보다 현저히 떨어졌다는 연구결과다. '돈'이 행복을 가져다주지 못한 것이다. 그렇다면 교수가 찾아낸 '행복의 조건'은 무엇이었을까? 그 연구에 따르면 인간은 자신이 경험한 것을 다른 사람에게 알려줄 때 가장 행복하다는 것이다. 대표적인 것이 바로 '여행'이다. 자신이 좋아하는 곳에서 즐거운 경험을 하고 맛있는 음식을 먹은 그 이야기보따리를 지인들에게 풀어놓는 행위에서 행복감을 가장 많이 느낀다고 한다. 글도 마찬가지 아닐까? 여행기를 보면 곳곳에 행복했던 감정들이 묻어남을 느낄 수 있다. 여행기에는 쓸데없이 어려운 말로 남을 설득하지도, 자신의 유식함을 기술적으로 풀어내지도 않는다. 그저 내가 겪은 즐거운 경험들을 있는 그대로 풀어낸다. 삶이 글이고 글이 삶이 되는 순간이다.

스스로 쓴 글과 강요로 인해 쓰인 글은 큰 차이를 보인다. 비싼 돈을 내고 글 쓰는 기술을 배운다고 해서 (그런 것이 통한다는 것이 이해가 가지 않지만) 훌륭한 글이 나오는 것이 아니다. 글 쓰는 방법을 돈으로 배웠다고 해도 내 속에 이야기를 풀어나갈 가치가 존재하지 않는다면 아무런 소용이 없는 것이다. 다른 이들과의 행복한 이야기, 사람답게 사는 이유 등 의미 있는 행위와 생각 속에서 괜찮은 글이 나오는 것이다. 교감을 할 수 있고 논리가 맞는 글을 쓰려면 상식적이고 부끄러움 없는 삶을 사는 것이 중요하다. 무엇을 얻는 지가 아닌, 어떻게 사는 것이 중요한지를 먼저 고민해야 한다.

삶이 곧 글이 되는 것. 아무런 감정 없이 기술만으로 쓴 글은 사람들에게 호응을 얻기 어려운 뿐 아니라 어느 누구의 마음에도 깊이 들어가지 못한다는 것을 명심하자.

CHAPTER 28

메모의 강력한 힘

글을 더욱 풍성하게 잘 쓰려면 '어휘'를 늘려야 한다.

어휘는 곧 내가 쓸 수 있는 무기와도 같다. 전략도 중요하지만 우선 무기가 많아야 전쟁에서 이길 수 있다. 어휘를 늘리는 가장 빠른, 그리고 유일한 방법은 독서라고 했다. 그럼 독서를 통해 습득한 '값진 어휘'들은 어떻게 해야 할까? '이것으로 충분해!'라고 만족하고 넘어갈까? 아니다. 일단 내가 써먹기 전까지는 온전한 내 것이 아니다. 기술을 배우는 것과 같다. 기술을 배울 때 우선 이론을 배운다. 원리를 알아야 이해가 가는 것이다. 그렇게 이론을 배운 후 반드시 실습을 거쳐야 비로소 내 것이 된다. 실습을 통해 이론과 맞춰보기도 한다. 그런 과정 속에서 기술을 몸으로 익히는 것이다. 글도 다를 것이 없다. 글을 쓰면서 실제로 써먹

어봐야 그 '맛'을 알 수 있다. 가능하면 생각이 스쳤을 때 재빨리 쓰는 것을 권한다. '휘발성'이 강한 우리 뇌. 잠시 내 머리에 머무르는가 싶더니 어느 새 까맣게 잊어버리고 만다. 분명 내 머리로 생각하고 떠올렸는데도 기억이 도통 나지 않는다. 가장 아이디어가 잘 떠오르는 장소 중 하나가 화장실이 아닐까? 화장실에 앉아 있으면 온갖 잡생각이 떠오르고 사라지고를 반복한다. 그러다보면 "아!"하면서 참신한 생각이 떠오르기도 한다. 생각을 기록으로 남기기 위해 화장실을 나오면 "어, 아...뭐였지?"할 때가 생긴다. 그 찰나의 순간을 놓치지 않기 위해서. 메모하는 습관을 가지면 아주 좋다. 휴대폰의 메모 기능을 활용하기 보다는 작은 수첩과 펜을 가지고 다니는 것을 더 권한다. 이 세상 모든 것은 글의 소재가 된다. 어느 것 하나 아닌 것이 없다.

여행 다녀온 후기를 담은 책을 낸 적이 있다. 회사원 시절 간간히 배낭매고 다녀왔던 소중한 기억들. 쿠바, 케냐, 네팔 등의 여행기를 쓰면서 한 가지 아쉬운 점이 있었다. 당시의 장소에서 내가 느꼈던 감정을 충분히 담아낸 글이 없다는 것이다. 물론 짧게 적어 놓은 글들이 있어 다행이었지만 '좀 더 깊은 감정을 적은 글을 남겼다면 좋았을 텐데' 하는 아쉬움이 짙게 남았다. 우리가 생활 속에서 느끼는 감정들은 오롯이 그 찰나에만 느끼는 것이다. 그 감정을 그냥 흘려보내지 말자. 감정을 남길 수 있는 것은 오직 글 뿐이다. 책을 많이 읽지 않아도 걱정하지 말자. 물론 많이 읽은 사람과 어휘력, 표현력에 차이는 있겠지만 그렇다고 못 쓰는 것은 아니다. 쓰지 말아야 하는 것은 더더욱 아니다. 작은 노트를 장만하자. 필기감이 괜찮은 펜도 하나 준비하자. 그렇게 어느 곳에서나 내 생각과 감정을 남기고 싶을 때 글을 쓰자. 한 페이지 한 페이지 쌓이게 되면 내가 어떤 것에 관심이 있는지도 자연스레 알게 된다. 지나가는 사람들의 표정에 초점을 맞춘 글이 많다면 그 분야에 관심이 많은 것이다. 그렇게 기록으로 남겨둔 글이 모이면 꼭지가 되고, 그 꼭지가 모여 정리를 하게 되면 목차가 될 수 있다. 꼭 책을 내야 하는 것은 아니다. '내가 이렇게 살고 있구나!' 하는 것을 아는 것만으로도 충분한 가치가 있다. 물론 하루도 빼먹지 않고 글을 쓸 수는 없다. 언제든 쓸 준비가 되어있다는 것만으로도 훌륭한 자세라 하겠다. 잘 쓰려 애쓰지 말자. 그저 느끼는 대로, 흘러가는 모습 그대로를 남기자. 마치 사진 속 장면을 묘사하듯 말이다. 사진을 친구에게 설명해 주듯 쓰는 것은 어쩌면 가장 좋은 글쓰기 방법일 수 있다. 말과 가장 근접하게 쓴 글이 잘 쓴 글이다. 친구에게 "여긴 어딘데, 내가 여기에서 누구를 만나서 어떤 일을 했고……" 이처럼 서술형으로 쓰는 것이다. 말과 근접한지는 소리 내어 글을 읽어보면 금방 알 수 있다고 했다. 읽었을 때 귀에 거슬리지 않고 편안하다면 아주 잘 쓴 글이라 하겠다. 거슬리는 소리가 나고 무슨 뜻인지 잘 와 닿지 않는다면 다시 읽어보고 수정을 하면 된다. 이렇게 편안한 마음으로 쓰고 수정하고를 반복하다보면 어느새 좋은 글을 쓰는 나를 만나게 될 것이다.

CHAPTER 29

당신의 글을 쓰는 것에
주저하지 마라

인간이 자신을 표현하는 방법에는 여러 가지가 있다.

말로 표현하기도 하고 행동으로도 한다. 그림으로 대신하기도 하고 글로 나타내기도 한다. 글을 쓰고자 하는 당신. 글을 쓰는 이유는 무엇인가? 글로 무엇을 얻기 위함인가?

대부분의 사람들은 자기를 표현하기 위함이고 자기 생각에 동의해주기를 바라면서 글을 쓴다. 자기감정을 실어 글을 쓰고 보는 사람들이 "그래 맞아!"라고 동의해주기를 원하며 공감하고 이해해주길 바란다.

조지 오웰은 에세이 《나는 왜 쓰는가, Why I write》에서 글을 쓰는 동기 네 가지를 제시한다.

첫째, 순전한 이기심. 자기 자신을 돋보이게 하려는 이기심 때문에 글을 쓴다는 것이다. 결국 잘난 척을 하고 싶다는 생각이란 것이다.

둘째, 미학적 열정. 아름다움의 추구. 내가 느낀 감정과 의미를 글로서 다른 사람과 소통하고 싶다는 생각 때문이라는 것이다.

셋째, 역사적 충동. 내가 아는 것에 대해 후세에 남기고자 하는 충동.

넷째, 정치적 목적. 사람들의 생각에 영향을 미쳐 세상을 조금 더 좋게 만들고자 하는 생각에서 쓴다는 것이다.

내가 글을 쓰는 이유는 이 중 네 번째 동기에 속한다. 정치적 목적을 위한 글쓰기는 자신만의 신념과 주장이 바탕이 되어야 가능한 것이기 때문이다. 여기서 '정치적'이라는 것의 의미는 단순이 내 편, 네 편식의 이분법 논리의 정치가 아닌, 보다 넓은 의미의 정치다. 세상을 더 좋게 바꾸기 위해 머리를 맞대는 정치를 의미한다.

누구나 자기 의견에 동의해주는 것을 좋아한다. '여론'을 형성하기 위한 글쓰기. 의도하지 않았다 하더라도 사람들이 읽고 공감해주고 지지해주는 것을 싫어할 사람은 없다.

나는 《당신을 위한 이기적 실행 언어》라는 책에서 '성공'이라는 목표를 위해 '실행'이 반드시 뒷받침 되어야 함을 이야기했다. 그동안 내가 겪고 생각하고 실천해 보니 '아, 실행으로 옮기면 분

명 무언가를 이룰 수 있겠구나'하는 결론이 생겼다. 글을 쓰면서
도 '책을 읽는 사람들이 내 글을 읽고 공감하고 실천으로 옮겨 좀
더 발전적인 삶을 살았으면 좋겠다.'는 생각으로 썼다. 그렇지 않
고 그냥 남들이 읽든 말든, 뭐라고 하든 말든 오로지 '나'를 표현
하는 것에만 집중해서 글을 썼다면 그것은 일종의 '예술'로만 남
게 된다. 나는 예술이 아닌 독자들과 소통에 목적을 두었다. 읽
는 사람이 전혀 이해를 하지 못하고 공감을 하지 못하는 4차원
예술 책은 공감을 얻는 것에 도움이 되지 않는다. 다만 아쉬움이
있다면 그 책에서 '조금 더 글을 깔끔하게 썼다면 좋았을걸.'하는
것뿐이다. 독자들에게 조금 더 현실적으로 와 닿고 실천으로 이
끌어 줄 수 있는 그런 예술적인 글말이다.

당신의 글을 쓰는 것에 주저하지 말았으면 한다. 나를 나타내
는 글과 사회를 더 좋은 방향으로 이끄는 글은 결국 한 지붕아래
있는 것이다. 잘 쓴 글은 사람들의 지지를 받는 것이 당연하다.
그런 사람들이 늘어나면 자연스레 크고 작은 '여론'이 형성된다.
당신이 글을 쓸 때 누가 뭐라 해도 당신 생각대로 써라. 정확한
사실에 기초한 글을 쓴다면 당신과 생각을 함께하는 사람들이
당신을 지지할 것이다.

CHAPTER 30

누가 내 말을
귀담아 들을까?

글을 쓰고 책을 출간해보고자 하는 사람들이 흔히
하는 질문이 있다.

"내가 하는 말을 누가 들으려 할까요? 난 그냥 평범한 사람인
데요?" 다들 처음엔 그렇게 생각한다. 이미 시대는 바뀌었다. 글
은 쓰는 사람만 쓴다던 오래된 생각은 없어졌다. 포털 사이트에
는 평범한 사람들이 글을 쓸 수 있는 공간이 많이 생겼다. 이제는
너도 나도 작가인 셈이다. '내가 하는 말을 누가 듣겠어?'라고 생
각하면 그 어떤 글도 쓸 수가 없다. 그저 자물쇠 채운 일기장만
끌어안고 있어야 한다.

'내 주장에 대해 반론이 들어오면 어쩌나' 하는 두려움도 있을
것이다. 악플, 조롱, 비아냥, 욕설과 같이 가시 돋친 말을 들을까

겁도 난다. 악플과 의견이 다른 주장을 어떻게 구별할 수 있을까? 합리적인 근거가 있는지를 보면 된다. 물론 두 가지 모두 내 의견에 반론을 제기하는 것이기 때문에 기분은 그다지 좋지 않다. 아무런 근거와 자료도 없이 그저 비난을 위한 비난은 가볍게 무시하면 된다. 주장과 상관없는 욕설과 인신공격이 들어온다면 '어디서 개가 짖나보다' 하며 넘겨버려라. 하지만 표현이 다소 과격하더라도 논리가 맞고 근거가 있다면 이야기 해 볼 가치가 있다. 한마디로 대화가 되는 반론인 것이다. 그런 반론은 내 글과 생각의 성장을 위해서도 마주할 가치가 있다.

세상에 절대적인 옳고 그름은 없다. 나에게 절대적으로 옳은 것이 다른 이에게는 절대 마주치기 싫은 것일 수 있다. 우리는 절대 진리를 알 수 없다. 우리의 생각도 불완전하기에 그저 탐구하고 알고자 노력하는 과정에 불과하다. 서로의 생각이 얼마든 다를 수 있기에 합리적 비판은 대화가 가능한 것이다.

나는 이전 출간한 책에서 '실행을 통한 성취가 가장 중요하다.'라는 주장을 했다. 책을 읽은 지인이 어느 날 이런 말을 했다.

"빠른 실천이 중요하다면서 왜 그렇게 고민을 해요? 주장을 했으면 실천을 하세요!"

작은 논쟁이 벌어졌다. 내가 빠른 실천을 하라고 했던 것은 아무 생각 없이 실천에 옮기라는 것이 아니다. 치열한 생각을 해보고 결론이 나면 그때부터 빠른 실행에 옮기라는 것이다. 또 어떤 사람은 실천도 중요하지만 완벽한 계획이 먼저라고 말하는 이도 있다. 그 의견이 틀렸다 생각하지 않는다. 충분히 옳은 주장이다. 다만 나와 생각이 다를 뿐이다. 그 사람이 거칠게 주장한다고 해도 받아들일 수 있는 이유는 내 이야기를 귀담아 듣고 나름의 근거를 제시하기 때문이다. 주장에 일리가 있다면 나도 그에 대한 반박, 소위 '갑론을박' 토론을 할 수 있다.

　내 글에는 내 주장을 하는 것이 당연하다. 그에 따른 여론을 형성하는 것도 좋다. 그러나 근본적으로 다른 생각을 가지고 있는 사람의 생각을 한 번에 바꾸는 것은 불가능하다. 그런 기대는 하지 않는 것이 좋다. 그저 바라는 것이 있다면 '내 말을 듣고 한번쯤은 생각해 보셨으면 한다.' 정도로 만족해야 한다. 해마다 명절 때가 되면 가족끼리 모인 자리에서 의견 다툼으로 인해 사이가 안 좋아졌다는 뉴스 기사를 보게 된다. 정치, 사회를 바라보는 눈이 서로 다르기에 타협에 이르기가 어려운 것이다. 가족끼리도 이런데 다른 사람의 생각을 바꾼다는 것은 여간 어려운 일이 아니다. 하나의 독립된 인격체로서 경험한 것, 학습한 것들이 다르기에 같은 사안을 접해도 생각은 모두 다르게 나올 수 있다. 또한 나이가 들어갈수록 그런 생각들은 더욱 단단하게 굳어 좀처럼 깨기 어렵다. 좋게 말하면 주관이 있는 것이고 나쁘게 말하면 고집이 강해지는 것이다. 결국 한 사람의 생각을 바꾸게 하려면 그 사람 스스로 느끼고 바뀌는 것 밖에는 방법이 없다. '아 내가 틀렸구나.'라고 생각이 들어야 핸들을 바꾸게 된다.

말이든 글이든 억지로 이기려 하면 탈이 난다. 내가 하고 싶은 주장을 자유롭게 펼치다 다른 의견을 마주하면 뜨거운 토론을 해보자. 또 같은 생각을 가진 사람들을 만나면 즐겁게 이야기를 나누자. 그것으로 충분하다. 내 이야기를 누가 들어줄까 더이상 고민하지 말자. 세상 모든 것은 절대적인 진리가 없기에 어떤 주장에도 반론은 항상 존재한다. 반론을 두려워하기 보다는 내 이야기에 공감하고 용기를 얻게 될 사람들을 상상하며 즐거워하자.

사람들이 작가의 장애물에 봉착하는 이유는 글을
쓸 수 없어서가 아니다. 유려하게 쓸 수 없다는
사실에 절망하기 때문이다.

- 애너 퀸들런

CHAPTER 31

사색의 강력한 힘

좋은 글을 쓰기 위해서는 '필력(筆力)'이 필요하다.

필력은 다독과 다작의 결과물이라 할 수 있다. 자신의 생각 혹은 주장을 단어로, 그 단어를 문장으로, 문장을 문단으로, 문단을 하나의 글로 확장시키는 연계 작업을 충실하게, 꾸준하게 진행하는 것으로 그 '필력'은 상승한다. 아이디어와 탄탄한 필력은 작품을 매력 있게 만들 수 있음을 기억하자.

돌아가신 노무현 대통령은 대화와 토론을 즐기시는 분이었다. 그에 걸맞게 평소 소통을 할 수 있는 방법을 항상 생각했다고 한다. '논리에 맞고 국민들이 잘 이해할 수 있는 표현이 없을까'를 항상 고민한다. 그분은 독서광으로도 유명하다. 대화할 자리가 마련되면 미리 관련 자료를 읽고 이야깃거리를 준비하셨다고 한다. 독서와 함께 꼭 필요한 한 가지가 더 있다. 치열한 고민 즉, 사색이다. 내가 겪고 들은 것도 물론 소중한 가치가 있지만, 그것만으로는 한계가 있다. 내 이야기에 집중을 하게 만들려면 그것을 뛰어넘는 그 무언가가 있어야 한다. 그것은 사색에서 나온다. 다시 해석한 논리 개념. 치열한 고민을 한 흔적이 있는 사람은 이야깃거리가 풍부하다. 고여 있는 물이 아닌 흐르는 물과 같다.

학부시절, 중간고사 기간에 선배로부터 노트 한권을 받았다. 내가 듣는 전공 필수 과목 시험은 이 노트에서 거의 다 나온다고 했다. 노트를 보니 작년에 선배가 필기한 내용과 내가 필기한 내용이 거의 같았다. 내 것과 같기에 노트를 다시 돌려줬지만 어쩐지 기분이 별로였다. '기술은 하루가 멀다 하고 발전하는데 작년과 똑같은 내용으로 강의를 했다는 말이구나.' 시험문제도 거의 같았다. 새로운 지식을 전달하기 위한 노력이 그 교수에게는 없었다. 글쓰기도 이와 같아선 안 된다. 항상 새로움을 받아들이고 내가 알고 있는 것이 진실인지, 혹시 그보다도 더 좋은 것은 없는지에 대한 깊은 사색이 있어야 한다. 글이 훌륭해 지기 위해서는 생각의 힘이 필요하다.

MBC FM 〈배철수의 음악 캠프〉 프로그램 가운데 '철수는 오늘'에서 나온 사색과 관련한 좋은 이야기가 있어 실어볼까 한다.

생각을 잘 하는 것. 즉 사색이 자본이라고 주장하는 사람으로 부터 '괴테의 8가지 사색 법'을 소개 받았다. 그냥 생각하는 것과 사색하는 것의 차이. 보이는 것만 보고, 보고 싶은 것만 보는 것은 그냥 생각이지만 보이지 않는 세상을 열심히 바라보며 애써서 무언가를 발견해 내는 건 사색이다.

사색을 하려면 시선을 바꾸고 정보를 결합하고 새로운 것을 창조해 내야 한다. 자유롭게 경계를 넘나들 줄 알아야만 생각이 사색으로 발전할 수 있다.

생각은 쉽지만 사색은 어렵다. 괴테는 말한다.

"세상 모든 일은 쉬워지기 전에는 어렵다."

세상을 바라보는 괴테의 사색 법.

1. 최고의 그림을 자주 감상하라. (창조성과 대화하면 문제와 해답이 보인다.)
2. 생각을 기록하라. (생각을 기록하면 생생한 나를 언제든 확인할 수 있다.)
3. 세상의 모든 것을 차분히 관찰하라. (사색은 기다림이기도 하니까.)
4. 나이가 나를 떠나게 하라. (매너리즘은 나이를 인식하는데서 온다.)
5. 무엇이든 긍정하라. (부정적인 생각으로는 세상을 제대로 볼 수 없다.)
6. 언제나 의문을 품어라. (의문을 통해 통찰력을 끌어내라.)
7. 뜨겁게 산책하라. (진짜 책은 서재가 아니라 집 밖 세상에 있다.)

괴테의 8가지 사색법이라 해놓고 왜 여덟 가지가 아니라 일곱 가지만 소개하고 마는 것일까. 그것은 마지막 여덟 번째가 사색의 영역을 떠나있기 때문이다.

8. 실행하라. 모든 일에는 쉬워지기 전에는 어렵다.

철수는 오늘 사색의 완성은 실행에 있다는 사실을 괴테로 부터 배운다.

세계적인 투자가 워랜 버핏도 말했다.

"나는 일 년에 50주는 사색하는데 쓰고 남은 2주는 일하는데 쓴다."

사색가가 1년 365일 52주를 몽땅 사색하는 데에만 썼다면 그는 괴테 식으로 보면 제대로 된 사색을 한 것이 아니다. — 배철수의 음악 캠프 가운데

사색은 우리가 하고자 하는 일의 궁극의 답을 찾기 위한 아주 깊이 있는 생각 연습이다. 생각 연습을 통한 생각 정리가 완벽해지면 누구나 인정할 만한 매력적인 글이 탄생될 것이다.

때로는 쓰기 싫어도 계속 써야 한다.
그리고 때로는 형편없는 작품을 썼다고 생각했는데
결과는 좋은 작품이 되기도 한다.

- 스티븐 킹

CHAPTER 32

생각의 크기를
무한대로 키워라

누구나 작가가 될 수 있다.

나는 글쓰기에서만 멈추지 말고 자신의 책으로 만들어 출간하는 것을 권하고 싶다. 내 글을 누군가가 읽는다는 것. 생각만 해도 가슴 뛰는 일이 아닌가. 하지만 지금까지 자신이 알고 있는 것만으로 책을 쓰고 저자가 될 수는 없다. 작가가 되기 위해서 취해야 할 우리의 자세를 들여다보자.

첫째, 작가는 창의성이 요구되어야 한다. 창의성은 의식 사고뿐 아니라, 무의식 사고, 비판 사고, 인지를 뛰어 넘은 사고를 통해 새롭고 독창적인 아이디어를 만들어내는 것이다.

둘째, 세상과 사회에 관심을 많이 가져야 한다. 사회와 동떨어

진 시각을 가지고 세상이 어떻게 흘러가는지 모르면 세상과 교
감할 수 없다.

셋째, 대상으로 삼는 독자들에 대한 근본적 욕구와 두려움에
공감해야 한다. 그 사람들의 고통과 바라는 점을 모르고는 공감
을 이끌어 낼 길이 없다.

넷째, 사물에 대한 관찰이 필요하다. '그 자리에 있으니 있는
것이다.'처럼 모든 것을 통달한 종교인의 마음으로는 새로운 시
각을 가질 수 없다.

다섯째, 인간에 대한 탐구가 필요하다. 거창하게 들릴지 모르
겠지만 이 세상에 존재하는 모든 책은 결국 인간의 욕망을 나타
내는 것들이다. '왜 이런 현상이 벌어지는지', '왜 나는 이렇게 느
끼는지'에 대한 인간 본연의 모습을 잘 들여다봐야 한다.

여섯째로는 가슴으로 느껴야 한다. 작가 헤밍웨이는 '초고는
가슴으로 쓰고, 탈고는 머리로 한다.'고 했다. 글을 다듬어 매끄
럽게 하는 것에는 머리가 필요하지만 글의 기본은 가슴으로 써
야 한다.

마지막, 항상 기본에서 시작하자. 앞서 강조했던 바와 같이 글
쓰기의 기본은 정직함이다. 잘 쓰려고 하다보면 군더더기가 붙
고 주제가 오락가락하게 된다. 항상 기본에 충실해야 함을 잊
지 말자.

작가의 자세와 더불어 작가가 되기 위해 알아야 할 것들이 있다.

1. 아침에 눈 뜨자마자 쓰자

작가라면 자신만의 이야기를 찾아내 완성시켜야 한다. 문체나 정확함만을 가지고 겨우 글 몇 쪽 쓴다고 작가가 되는 것은 아니다. 문체, 내용, 설득력을 두루 갖춘 글을 분량에 상관없이 쓸 수 있어야 한다. 무의식 상태에서 글을 쓰는 법을 익히면 글을 힘들지 않게 쓸 수 있다. '아침 글쓰기'를 통해 무의식을 길들여보자. 평소보다 30분 일찍 일어나 머릿속에 떠오르는 대로 아무 글이나 써보자. 수면과 깨어있는 그 중간에서 글 쓰는 훈련을 통해 언제 어디서나 글을 쓸 수 있는 능력을 가져보자.

2. 작가가 갖추어야 할 기본기 '자기 객관'

작가 스스로 작품을 객관적으로 보는 힘을 키워야 한다. 글쓰기를 가로막은 것을 제거하려면 나를 제대로 파악해야 한다. 글쓰기 성향과 판단 등을 똑바로 파악해 항상 자신을 비평할 수 있는 자세를 갖는 것이 좋다. 더 나아가 다른 작가에 대한 객관적인 시선을 놓지 말고 다른 작가의 철학과 사상 그리고 개념의 근본을 파고들어 이해한 후 선별해 받아들이는 것도 좋다.

3. 좋은 글은 좋은 글에서부터

마지막으로 글과 삶이 같아 질 때 좋은 글이 나올 수 있다. 얼마나 좋은 글이 탄생하느냐는 오롯이 자신의 삶에 달려있다. 작가의 감수성과 분별력이 얼마나 날카로운지, 작가의 경험이 독자와 얼마나 교감할 수 있는지, 좋은 글쓰기의 요소를 얼마나 익히고 있는지 등을 먼저 살펴보도록 하자.

CHAPTER 33

전문가로 다시
태어나라

세상에는 성공한 사람과 그렇지 않은 사람이 있다.

누구나 성공을 바란다. 하지만 누구나 다 성공하는 것은 절대 아니다. 예전에는 성공한 사람만이 자신의 성공 이야기를 책으로 펴낸다고 생각했다. 그래서인지 서점에 진열되어 있는 성공한 이야기를 담은 책을 보면 책의 저자는 모두 성공한 사람이고 전문가 같다는 생각이 든다. 그렇기에 책을 집어 드는 것이다. 바로 그것이 우리가 알아야할 점이다. 아직도 사람들은 성공한 사람, 또는 그 분야 전문가만이 책을 쓴다고 생각한다. 그렇다면 우리도 전문가가 되면 된다. 공부하고 경험한 것들을 책으로 펴내면 된다. 형편없이 써내는 것이 아닌 전문가로서 책을 펴내는 것이다. 반대로 생각하면 책을 펴냄으로 전문가가 되는 것이다. 누구나 자기만의 생각과 경험이 있다. 비슷한 경험은 많지만 100% 똑같은 경험을 한 사람은 존재하지 않는다. 그 속에서 느낀 점도 제 각기 다르다. 그렇기에 이야기가 될 수 있는 것이다. 앞서 말한 바와 같이 책을 쓰는 것은 여간 힘든 일이 아니다. 못 써서 못 쓰는 것이 아니라 중도에 포기하거나 처음부터 겁을 먹고 쓰지 않기에 못 쓰는 것이다.

우리가 책을 쓰게 되면 어떤 일이 생길까? 지금과는 다른 인생이 펼쳐진다.

첫째, 구차하고 잡다하게 말할 필요가 없어진다. "OOOOOO, 이 책을 쓴 저자 OOO입니다." 한마디면 끝난다. 전문가로 인정받게 되는 것이다.

둘째, 나를 알리는 가장 좋은 수단이 된다. 대중을 상대로 책을 낸 것이다. 전국 서점에 내 책이 나를 알려준다. 더 이상 아마추어가 아니다.

셋째, 미래를 내가 설계한다. 책을 쓰면서 많은 것을 배우게 된다. 공부하지 않고, 깊은 사색을 거치지 않고 글을 쓸 수 없다. 글을 쓰면서 성장하는 것이다. 자연스레 미래에 대한 고뇌가 생기게 된다. 설계도가 머릿속에 그려지는 것이다. 어딜 가나 당당하게 미래를 말할 수 있다.

넷째, 사회에 좋은 영향을 끼치는 가치 있는 일이다. 내 이야기를 누군가는 읽는다. 물론 100명의 독자가 읽는다고 100명 모두 무릎을 치며 공감을 하는 것은 아닐지라도 내 생각에 공감하고 고마워하는 사람이 생길 것이다. 나로 인해 위로와 용기를 얻기도 할 것이고 내가 가지고 있는 지식과 경험이 독자에게 힘이 될 수 있음을 믿어야 한다.

학부를 졸업할 때에도, 대학원을 졸업할 때에도 우리는 논문을 쓴다. 논문은 말 그대로 어떠한 주제에 대해 자신의 학문적 연구결과나 의견, 주장을 논리에 맞게 풀어 써서 일관성 있고 일정한 형식으로 쓴 글이다. 논문을 쓰지 않으면 졸업으로 인정받지 못한다. 쉽게 말해 공부한 결과가 없다고 판단한다. 하지만 논문을 책으로 엮어 출판하지는 않는다. 일반인들이 이해하기 쉽고 공감할 수 없는 글이 대부분이기 때문이다. 또한 요즘에는 학위 없는 사람이 없다. 대학 진학률은 80%가 넘는다. 10명 중 8명이 대학을 진학한다. 대학을 갔다고 해서 전문가로 인정받기는 어렵다. 그 학위를 가지고 공공기관 혹은 어떤 대상을 상대로 강연을 하는 것 또한 불가능에 가깝다. 하지만 책을 쓴 저자라면 이야기가 다르다. 책을 주제로 강연을 할 수 있는 것은 물론이고, 전문가로 새롭게 태어나는 계기가 된다. 강연의 참석자들도 아마추어라고 생각하지 않음으로 참석자들의 눈높이를 충족시켜줄 수준 높은 강연을 준비해야 함은 기본이다.

이처럼 책은 여러 가지 좋은 점을 저자에게 가져다준다. 책보다 좋은 명함은 없기에 더 이상 구차한 소개가 필요 없다. 원고를 쓰는 그 순간부터 나는 전문가다. 저서를 통한 '퍼스널 브랜딩 (personal branding)'으로 지금까지와는 다른 인생을 살 준비가 되어있는가? 당당하게 나를 알려라.

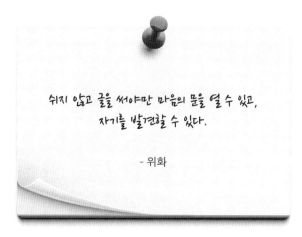

쉬지 않고 글을 써야만 마음의 문을 열 수 있고,
자기를 발견할 수 있다.

- 위화

CHAPTER 34

콘셉트를 고민하라

당신이 쓴 소중한 원고가 출간까지 이어지기
위해서는 우선 콘셉트가 명확해야 한다.

내가 쓰려고 하는 글이 소설인지, 에세이인지, 자기계발서인
지, 교육에 관련된 책인지 등을 먼저 정해야 한다. 분야를 정해야
콘셉트도 나오게 된다. 가장 좋은 방법은 내가 제일 잘 알고 잘
할 수 있는 것을 고르는 것이다. 콘셉트는 내가 쓰고자하는 책의
주제를 말한다. 원고를 다 쓰고 투고를 한다고 가정해보자. 출판
사 담당자는 어떤 점을 고려해서 출간을 결정할까?

첫째, 시장성을 본다.
둘째, 출간 방향을 본다.

셋째, 원고의 수준을 본다.

넷째, 콘셉트를 본다.

그 외에도 상황에 따라 출간의 판단요소가 있겠지만 위 네 가지가 가장 중요하다. 그렇기에 원고를 쓰기 전에 전체적인 장르 및 콘셉트를 잘 잡아야 한다. 주제가 무엇인지, 왜 그 주제에 대해 쓰려 하는지를 항상 생각하고 글을 쓰는 것이 좋다. 주제는 어떻게 정해야 할까?

1. 내가 현재 몸담고 있는 분야에 대해 쓴다. 내가 가장 자신 있는 분야는 지금 내가 하고 있는 일이라 할 수 있다. 회사원이라면 해당 업무, 경험을 바탕으로 쓰고, 주부라면 육아와 교육 등을, 전문직이라면 그 지식을 바탕으로 자기계발서, 실용서, 에세이 등을 출간할 수 있다.

2. 관심이 있는 분야의 전문가가 되어본다. 주변을 둘러보면 취미를 거의 전문가 수준으로 즐기고 있는 사람이 생각보다 많다. 보람을 느끼는 취미는 강요에 의한 것이 아니므로 관심도 높고 열정도 충분하다. 단지 스스로 '취미'라고 단정 지어 버리기에 '취미'로 머무는 것이다. 가볍게 시작한 취미가 어느새 높은 수준을 갖추게 된 경우가 대단히 많다. 이런 것들은 다른 사람들에게 동기부여를 줄 수 있고 많은 공감을 일으키기에 충분하다.

3. 미래 희망의 메시지로 이어지도록 한다. 내가 앞으로 하고 싶은 관심분야에 대해 쓰는 것도 좋은 주제가 된다. 책은 누구나

쓸 수 있지만, 아무나 쓸 수는 없다. 책을 출간하기 위해서는 많은 공부를 필요로 하기 때문이다. 다른 전문가의 강의, 도서 등을 통해 정보를 얻고 분석하고 연구해야 자신의 생각, 경험과 맞물리게 되어 한권의 책으로 탄생할 수 있다. 어떤 사례와 지식 없이 오로지 내 경험만으로 책을 쓰는 사람은 없다. 이렇게 공부해서 쓰게 되면 스스로 발전 된 모습을 갖추게 될 것이다.

이제는 세계 갑부의 이야기 보다는 우리 주변에서 흔히 볼 수 있는 사람들의 이야기, 즉 '나도 충분히 할 수 있다'는 메시지를 건네는 책이 더 공감을 얻는 시대다. '내 주제에 무슨 책이야'라고 생각할 필요가 전혀 없다. 그럴 시간에 '무엇을 쓸 것인가?'에 대해 고민하고 또 고민해보자. 장르, 콘셉트 그리고 대상 독자를 설정하자. 자기계발, 인문학, 에세이, 자녀교육, 육아, 건강, 요리, 경영, 시 등 여러 가지가 있다. 장르를 정하고 뼈대를 세워 방향을 정확하게 잡는다면 책을 내는 것은 어려운 일이 아니다. 신선하고 기발한 아이디어를 위해 그동안 바라보았던 시각을 조금 바꾸어 세상을 바라보자. 당연하다고 생각했던 모든 것들에 물음표를 달아보자. 그것에 대한 생각과 나름의 해법을 고민해보자. 독자와 교감할 수 있는 글을 쓴다는 것. 그것만으로도 콘셉트는 잘 정해진 것이다.

CHAPTER 35

제목에 사활을 걸어라

당신이 책을 썼다는 이유로 뉴스 기사가 나오고,
원고료를 수 천 만원씩 받으며 서점에서 알아서
홍보해준다?

그렇게 된다면 얼마나 좋겠느냐 만은 안타깝게도 우리는 유명
한 작가가 아니다. 유명작가를 목표로 글을 쓰고 책 출간을 준비
하는 꿈 많은 작가다. 그럼 다른 유명 작가보다 빛을 못 보는 이
름 없는 작가의 책을 그저 두고만 봐야할까? 절대 그렇지 않다.
간단히 생각해보자. 당신이 책을 한권 사러 대형 서점에 갔다. 무
수히 많은 책들이 저마다 선택받기를 원하며 진열되어 있다. 당
신은 어떤 책을 고를 것인가? 이름만 들으면 알 만한 사람이 쓴
책에 눈이 먼저 가는 것은 당연하다. 인지도는 그래서 무서운 것

이다. 하지만 요즘은 우리 주변의 평범한 사람들이 책을 내는 시대다. 그런 책들 중에서는 어떤 책에 손이 가는가? 잘 떠올려보자. 대부분은 책 표지를 보고 집게 된다. 제목을 보고 고른다는 것이다. 강렬한 인상을 주고, 공감이 팍팍 되는 제목이 눈에 잘 보이고 결국 선택받게 된다. 구매와도 직결되는 것이다. 글쓰기 수업을 해보면 예비 작가들이 지은 제목들은 평범하기 그지없다. 물론 틀리거나 잘못 지은 제목은 아니다. 하지만 너무 평범하기에 내용마저도 별 볼 일 없을 것이라 치부되어 버린다. 내가 쓴 소중한 원고가 제목하나 때문에 외면 받는다면 얼마나 억울하고 안타까운 일인가? 내용이 형편없는데 제목만 좋아도 안 되겠지만 소중한 원고가 사람들에게 선택받기 위해서는 시선을 끌만한 제목이 필수적이다. 예를 들어보자.《비전세포》,《젊은 그대들에게》,《광화문 그 사내》,《돈바꼭질》이 제목들은 아마 처음 들어봤을 것이다. 들었을 때 느낌이 어떤가? 이 책들은 우리가 아는 베스트셀러들의 원제목이다. 평범하다는 느낌과 함께 읽어보고 싶다는 느낌도 그다지 오지는 않는다. 이것들은 바로 강헌구 작가의《아들아 머뭇거리기에는 인생이 너무 짧다》, 김난도 교수의《아프니까 청춘이다》, 김훈 작가의《칼의 노래》, 전옥표 작가의《이기는 습관》이다. 이 책들의 내용을 언급하는 것이 아니다. 우리가 쓴 소중한 원고가 세상에 빛을 보기 위해 할 수 있는 최선을 다 하자는 것이다. 이 밖에도 혜민 스님의《멈추면 비로소 보이는 것들》의 원제는《조금만 더 천천히 가세요》라는 지극히 '스님'같은 제목이었다. 글의 수준도 좋지만 제목도 한 몫 단단히 해 300만 부가 넘게 팔린 베스트셀러로 등극했다.

책 출간은 나만 아는 일기를 쓰는 것이 아니다. 내 주장을 알리고 사람들의 마음을 어루만져주고 여론형성의 목적을 위한 글이니 멋진 제목의 간판을 달고 나가야한다. 세상에 있는 모든 간판은 다 그러한 목적이 있다. 상점이나 제품 어느 것 하나 간판, 제목이 중요하지 않은 것은 없다. 그렇다면 제목을 잘 만들기 위한 방법은 없을까? 물론 있다. 아래를 참고해 만들면 도움이 되리라 생각한다.

첫째, 궁금증을 유발하면 좋다. 모든 발견의 시작은 궁금증이다. 책도 내 즐거움과 지식을 충족시키기 위해 읽는다. 제목에서 궁금증은커녕 '안 읽어도 알겠다.'라는 느낌을 준다면 그 책을 집어들 사람은 한명도 없을 것이다.

둘째, 개성이 담긴 제목을 정한다. '오, 이거 신선한데!'라는 생각이 들면 일단 집어 들게 되어있다.

마지막, 내용과 주제를 함축하고 있는 제목. 명언이나 사자성어와 같이 함축적이면서도 강한 충격을 줄 수 있는 제목은 언제나 독자의 눈길을 끈다.

이런 제목을 만들기 위해 우리는 어떤 태도를 취해야 할까?

1. '내 머리에서 나오는 생각이 최고다.'라는 생각을 버려야 한 다. 우리는 프로 카피라이터가 아니다. 내 생각에는 한계가 분명 존재한다.

2. 신문, 방송의 다양한 문구에 주목한다. 텔레비전이나 신문 기사 제목, 광고 문구들은 기본적으로 사람들의 시선 끌기 에 목적이 있다. 기발한 아이디어를 얻어 낼 수 있는 창고 와도 같다.

3. 다양한 책들을 접한다. 온라인 서점에 접속해보면 다양한 책들과 그 책들의 목차를 접할 수 있다. 서평들도 있다. 이곳 에도 산뜻한 표현들이 많이 있다.

4. 유명인의 명언을 인용 및 각색한다.

무작정 따라서 똑같이 쓰라는 뜻이 아니다. 내 머릿속 영감을 불러일으키는 도구로 활용하자는 의미다. 일단 그렇게 제목을 만들었다면 주변 지인들에게 물어보자. 이 제목이 어떤지. 사람 들의 시선을 끌 수 있을 만 한지. 내가 출판사 대표라면 이 제목 에 눈이 갈지를 말이다. 제목에 모든 노력을 기울이자.

모든 문서의 초안은 끔찍하다. 글 쓰는 데에는 죽치고
앉아서 쓰는 수밖에 없다.

- 어니스트 헤밍웨이

CHAPTER 36

목차를 만드는
세 가지 비법

제목이 정해졌다면 이제 목차에 집중할 차례다.

목차는 사람들이 제목 다음으로 관심을 두는 부분이다. 우리가 서점에서 하는 행동들을 잘 떠올려 보면 된다.

첫 번째는 가장 기본적인 목차 형식이다. 장 제목과 각 장에 맞는 꼭지 제목으로 이루어져 있는 구조이다.

김수진 작가의 《이혼해도 괜찮아》의 구조를 보자. 이 책의 목차는 주제에 대한 문제 제기(1장), 문제에 대한 보충(2장), 주제에 대한 문제점(3장), 주제를 해결하는 방법(4장) 그리고 1~4장 전체를 아우르는 장(5장)으로 이루어져 있다. 목차를 보자.

1장. 내 인생은 왜 이럴까
내 인생은 왜 이럴까
서른셋, 이혼을 결심하다
나를 괴롭히는 착한 여자 콤플렉스
엄마가 되고서 '나'를 잃었다
이혼 후 갑자기 찾아온 상실감
사람을 만날 때마다 상처받는 나
왜 나에게만 불행한 일들이 일어나는 걸까?

2장. 문제는 자존감이다
모든 것은 자존감이 만들어 낸 결과다
행복과 불행의 원인은 결국 나였다
내 마음속 상처받은 어린아이가 산다
열등감은 내 삶을 괴롭히는 독이다
다른 사람에게 인정받고 싶은 욕구를 버려라
니를 함부로 대하게 내버려 두지 마라
과거의 상처에 마음이 머물다

3장. 나를 사랑하는 연습
무슨 일이 있어도 나를 비판하지 마라
자신의 단점이 아닌 장점에 집중하라
근거 없는 자신감을 가져라
카르페 디엠, 현재를 살라
나에게 상처 준 사람을 용서하라
지금 이대로도 괜찮다
부정적인 사람을 멀리하라

나는 충분히 괜찮은 사람이다
나를 사랑할 때 기적이 일어난다

4장. 원하는 것에 집중하라
생각하는 대로 이루어진다
원하는 것에 집중하라
5년 후 나의 모습을 그려라
하고 싶은 일의 리스트를 작성하라
하고 싶은 일이 있다면 당장 시작하라
내가 변하면 세상이 변한다

5장. 결국 내 인생은 활짝 필 것이다
사람은 힘들 때 성장 한다
다시 나를 뜨겁게 사랑하라
모든 것은 내 마음에 달려 있다
서른셋, 이제부터 시작이다
하쿠나 마타타, 모두 잘 될 거야
이제 누군가의 꿈이 되고 싶다
내 인생은 지금부터다
결국 내 인생은 활짝 필 것이다

기승전결이 딱 맞아 떨어지는 느낌이다. 그런가하면 요즘은
자유로운 형식을 취하기도 한다. 정재승, 진중권 교수가 함께 쓴
《크로스 season1》을 보자.

1. 입맛으로 나, 우리, 그들을 구별하는 세상 : 스타벅스

2. 디지털 세상, 어떤 사람이 구루가 되는가 : 스티브 잡스

3. 검색을 잘하면 지능도 발달할까 : 구글

4. 미래를 예측한다는 위험한 욕망 : 마이너리티 리포트

5. 캔버스 위 예술가와 실험실의 과학자 사이 : 제프리 쇼

6. 소년공상만화가 감추고 있는 그 무엇 : 20세기 소년

7. 다음 세기에도 사랑 받을 그녀들의 분홍 고양이 : 헬로 키티

8. 기술은 끊임없이 자아도취를 향한다 : 셀카

9. 왜 눈 위의 작은 선 하나가 그토록 중요한가 : 쌍꺼풀 수술

10. 아름다움도, 도덕도 스스로 창조하라 : 앤절리나 졸리

11. 악마도 매혹시킨 스타일 : 프라다

12. 마시는 물에도 산 것과 죽은 것을 구별하는 이유 : 생수

13. 나는 모든 것을 다 보고 싶다 : 몰래카메라

14. 웃음, 열등한 이들의 또 다른 존재 증명 : 개그콘서트

15. 끼와 재능도 경영하는 시대 : 강호동 vs 유재석

16. 그곳에서는 정말 다른 인생이 가능할까 : 세컨드 라이프

17. 집단 최면의 시간 : 9시 뉴스

18. 작게 쪼갤수록 무한 확장하는 상상력 : 레고

19. 사이버의 민주주의를 실험하다 : 위키피디아

20. 예술의 경계가 무너지다 : 파울 클레

21. 지식의 증명서? 혹은 사람의 가격? : 박사

각각의 주제에 대한 이야기를 특별한 형식 없이 만들었다. 그런가 하면 정재승 교수의 또 다른 저서 《과학 콘서트》를 보면 기.승.전.결이 아닌 각 장의 콘셉트를 잡아 이야기를 풀어나가

는 형식을 취하고 있다. 이 또한 깔끔한 목차 형식이라고 할 수
있다.

매우 빠르고 경쾌하게 Vivace molto
* 케빈 베이컨 게임: 여섯 다리만 건너면 세상 사람들은 모두 아는
  사이다
* 머피의 법칙: 일상 생활 속의 법칙, 과학으로 증명하다
* 어리석은 통계학: O. J. 심슨 사건이 남긴 교훈
* 웃음의 사회학: 토크쇼의 방청객들은 왜 모두 여자일까?
* 아인슈타인의 뇌: 과학이라는 이름의 상식, 혹은 거짓말

느리게 Andante
* 젝슨 폴록: 캔버스에서 카오스를 발견한 현대 미술가
* 아프리카 문화: 서태지의 머리에는 프랙털이 산다
* 프랙털 음악: 바흐에서 비틀스까지, 히트한 음악에는 공통적
  인 패턴이 있다
* 지프의 법칙: 미국 사람들이 가장 많이 사용하는 단어는?
* 심장의 생리학: 심장 박동, 그 규칙적인 리듬의 레퀴엠

느리고 장중하나 너무 지나치지 않게 Grave non tanto
* 자본주의의 심리학: 상술로 설계된 복잡한 미로 – 백화점
* 복잡계 경제학: 물리학자들, 기존의 경제학을 뒤엎다
* 금융 공학: 주식 시장에 뛰어든 나사NASA의 로켓 물리학자들
* 교통 물리학: 복잡한 도로에선 차선을 바꾸지 마라
* 브라질 땅콩 효과: 모래 더미에서 발견한 과학

점차 빠르게 Poco a poco Allegro
* 소음의 심리학: 영국의 레스토랑은 너무 시끄러워
* 소음 공명: 소음이 있어야 소리가 들린다
* 사이보그 공학: 뇌파로 조종되는 가제트 형사 만들기
* 크리스마스 물리학: 산타클로스가 하루만에 돌기엔 너무
  거대한 지구
* 박수의 물리학: 반딧불이 콘서트에서 발견한 과학

콘서트를 끝내며 – 복잡한 세상, 그 안의 과학

10년 늦은 커튼콜 – 세상의 모든 경계엔 꽃이 핀다 현대과학,
로또에 도전하다
학문의 융합에서 희망을 보다
복잡계 네트워크 과학, 약진하다
복합적응계는 안전하면서도 위험하다
복잡계 과학, 경영의 새로운 패러다임을 제시하다 롱테일 법칙,
80 대 20 법칙에 도전하다
리먼 브라더스 사태 이후, 물리학자들 반성하다 자기조직화하는
세상이 궁금하다
과학자들의 서재에서 목격한 과학의 종말

　　세 가지 중 어느 형식을 취해도 당연히 아무 문제가 없다. 중요
한 것은 내가 이야기 하고자 하는 것에서 벗어나지 않는 목차인
지가 중요한 것이다.

만일 그 글이 '쓴 것처럼' 느껴진다면,
다시 써라.

- 엘모어 레오나드

CHAPTER 37

첫 글은 마음으로,
다시 쓰기는 머리로

모든 글에는 공통점이 하나 있다.

　이제 갓 완성한 초고는 모두 '쓰레기'라는 것이다. 소설가 헤밍
웨이도 "모든 초고는 걸레다."라고 했을 정도다. 쓰레기라고 표
현한 이유가 있다. 앞서 나는 글은 말하는 대로, 솔직하게 쓰라고
했다. 그렇게 쓴 따끈따끈한 초고를 다시 읽어보면 어떨까? 초고
를 쓸 당시에는 무척이나 잘 쓴 것 같은 생각이 들지만 다시 읽
어보면 맞춤법과 띄어쓰기가 잘못 되어있는 것은 물론이고, 군
더더기와 중복된 말이 상당히 많음을 찾을 수 있다. 어느 글이나
마찬가지다. 그래서 좀 심한 말로 "쓰레기"라고 한 것이다. 작가
헤밍웨이는 글을 쓴 후 퇴고 과정을 거치면서 문장을 계속해 줄
여나가는 것에 집중했다. 문장을 단순하고 짧게 만들기. 그는 자

신의 글쓰기 방식을 얼음산에 비유하며 "보이는 것에 8분의 7은 물밑에 있다."고 했다. 그의 매우 뛰어난 작품 중 하나인《노인과 바다》를 400번 정도 고쳤다는 것에서 수정작업이 얼마나 중요한 지를 알 수 있다. 고치는 작업은 더 좋은 글을 위해서라면 몇 번이고 해야 한다. 그렇다면 처음 쓴 글에서 우리는 무엇을 고쳐야 할까? 중요하게 생각해야 할 것들을 살펴보자.

1. 또렷한가? 하고자하는 이야기가 명확하게 전달되고 있는 지를 살펴봐야 한다. 주제 전달이 잘 되고 있는지, 알기 쉽게 설명하고는 있는지, 말이 장황하지는 않은지를 확인해야 한다.

2. 보충할 부분은 없는가? 빼도 상관없는 반복되는 말이 없는 지를 보자. 혹은 추가해야 할 내용은 없는지, 분량은 적절한 지도 확인하자.

3. 이치에 어긋나지는 않은가? 사소한 것이라도 사실관계를 정확하게 파악하고 써야한다. 외래어 표기법과 맞춤법 등도 확인해야 할 부분이다.

4. 표현은 적절한가? 더 이해하기 쉬운 단어 및 표현으로 바꿀 필요는 없는지 확인한다. 문법이나 어법에 어긋나는 문장은 없는지, 길게 늘어진 내용은 없는지도 다시 확인하자.

컴퓨터 자판에 손을 얹고 글을 쓰다보면 여러 실수가 나온다.

'한컴오피스'는 친절하게도 맞춤법, 띄어쓰기를 잡아내준다. 하지만 컴퓨터는 인공지능이 아니므로 맹신은 금물이다. 또한 문장의 흐름까지 이해하지는 못한다. 그렇기에 내가 쓴 글이 술술 잘 읽히는지 차분히 '매의 눈'으로 살펴봐야할 것이다. '자기계발'을 '지기계발'이라 써도 컴퓨터는 잡아내지 못한다. 확인 과정은 아무리 강조해도 지나치지 않다.

글을 쓴 후에는 꼭 다른 사람에게 글을 보여주자. 장기를 둘 때에도, 대국을 하고 있는 두 명에게는 안 보이는 수(手)가 옆에 서 지켜보는 사람에게는 보인다. 글도 마찬가지다. 내가 놓친 부분이 다른 사람 눈에는 보일 수 있다. 또한 초고를 다 쓴 후에는 잠시 시간을 갖자. 계속해서 집중하면 글에 대한 판단이 흐려질 수 있다. 조금 시간을 보낸 후 다시 보자. 독자의 위치로 가서 내 글을 객관적으로 보는 시간도 필요하다. 자기만족에서 벗어나 비판의 시선으로 내 글을 한번 보자. 완성된 원고를 입으로 소리 내어 읽어보기를 권한다. 전체 글을 소리 내어 읽다보면 술술 잘 읽히는지, 글에 설득력이 있는지, 글의 전개 과정이 부드러운지 한번에 알 수 있다.

영화 〈파인딩 포레스터 (finding forrester)〉에는 주인공 포레스터가 자말에게 가르친 창작의 교훈을 한마디로 압축한 명대사가 나온다. "*초고는 가슴으로 쓰고 재고는 머리로 쓴다. You write your first draft with your heart and you rewrite it with your head."* 일단 느끼는 대로 쓰고 수정은 그 후에 하자. 초고를 쓰는 시간보다 더 많은 시간을 필요로 하는 것이 다시 쓰기임을 명심하자.

짧은 글은 한 가지의 테마로 작성되어야 하며,
그 안에 모든 문장들이 그 테마와
일맥상통해야한다.

- 에드거 앨런포

CHAPTER 38

심각한 우리글 파괴

나는 대학수학능력시험에서 언어영역 만점을
받았다.

대신 수리영역에서는 한자리 수 득점을 간신히 넘겼다. 언어
영역을 만점 받았다고 해서 우리말을 완벽하게 구사한다 할 수
있을까? 나는 단지 언어에 관심이 많고 남들보다 조금의 능력이
더 있었을 뿐이다. 정확한 우리말 구사에 대해 고민하던 어느 날
이오덕 선생의《우리 글 바로 쓰기》라는 다섯 권으로 된 책을 접
하게 되었다. 적지 않은 충격이었다. 선생은 책에서 우리가 얼마
나 우리글을 모르고, 잘못 쓰고 있는지에 대해 아주 자세하게 알
려주었다. 과연 글을 잘 쓴다는 것은 무엇을 말하는 것일까? 단
순히 사람들이 많이 읽는 글이면 좋은 글일까? 한글 워드 프로세

서에서 빨간 줄이 그어지지 않게 쓰면 잘 쓴 글일까? 근 현대사에 관심이 많아 공부를 하게 되면서 자연스레 이어진 우리글에 대한 관심은 이내 걱정으로까지 번지게 되었다.

모국어 한글은 우리나라 고유어로 우리 민족의 사상과 한국인의 정체성 확립에 중요한 구실을 한다. 한마디로 우리 얼과 혼이 녹아 민족고유의 특징을 나타내는 아주 중요한 언어다. 이런 우리말이 근 현대에 걸쳐 발생한 외국의 침략과 외래문물의 유입, 다문화 사회로의 이전 등을 통해 혼탁해지고 있다. 우리 말과 우리 글을 바로쓰기 위함은 외래어의 걷어냄에서 시작된다. 남의 나라말이 어느 사이 대화 한 구절 한 구절에 뿌리깊이 자리 잡고 있지 않은가? 계속되는 무분별한 우리 말을 헤치는 언어사용은 멀리 보면 민족의 특징이 사라지고, 민족정신이 짓밟히는 무서운 일이기 때문이다. 외국에서 들어온 말을 국어처럼 사용하고 있다면 자기를 반성해 볼 필요가 있다고 생각한다.

나는 우리말에 많은 관심이 있을 뿐 이오덕 선생처럼 연구까지 할 수 있는 능력은 없다. 그런 이유로 이오덕 선생의《우리 글 바로 쓰기》를 적극 알리고자 한다. 이렇게 말하니 '언문'이라고 불리며 천한 사람들이나 썼던 우리글에 '한글'이라고 이름을 붙여 널리 가르치려 했던 주시경 선생이 떠올라 우쭐해지기도 한다. 다음은 이오덕 선생이 우리 글 바로 쓰기위한 책을 내면서 쓰셨던 '들어가는 글'이다.

우리 말과 글을 바로 쓰는 일은 무엇보다도 밖에서 들어온 불순한 말을 먼저 글 속에서 가려내어 깨끗이 하는 일부터 해야 한다. 남의 나라 말을 생각 없이 마구 쓰는 것이 얼마나 크게 손해를 보는 일이 되고, 우리 말을 더럽히고 우리 정신을 짓밟는 바보스런 노릇이 되는가 하는 것은 다음 몇 가지 문제를 생각해도 곧 깨달을 것이다.

1) 말과 글을 공연히 어렵게 만든다.
2) 우리 자신의 생각이나 삶에 꼭 붙은 우리 말글이 아니다. 따라서 남의 나라 사람들의 감정이나 생각의 체계, 생활태도를 우리 자신이 알게 모르게 따라가게 된다.
3) 우리 말의 아름다움을 깨뜨린다.
4) 말과 글이 따로 떨어져, 우리의 삶과 삶의 느낌을 바르고 자유스럽게 글로 나타낼 수 없다.
5) 말과 글이 일반 민중들에게서 떠나 민중을 등지는 길로 가게 되고, 따라서 사람들의 생각이나 행동도 비민주로 되기 쉽다.
6) 우리 말이 잡스럽게 되는 것은 마침내 우리 겨레의 넋이 말에서 떠나버리는 것이다.

밖에서 들어온 잡스런 말을 세 가지로 나눌 수 있으니, 첫째는 중국글자말이요, 둘째는 일본말이요, 셋째는 서양말이다. 이 세 가지 바깥 말이 들어온 역사도 중국글자말, 일본말, 서양말의 차례가 되어 있는데, 중국글자말은 가장 오랫동안 우리 말에 스며든 역사를 가지고 있지만, 일본말은 중국글자말과 서양말을 함께 끌어들였고 지금도 끊임없이 끌어 들이고 있다는 점에서 그 깊은 뿌리와 뒤엉킴을 잘 살펴야 한다. 정말 이제 우리가 정신을 똑바로 차

리지 않으면 넋이 빠진 겨레가 될 지경에 이르렀다는 것을 똑똑
히 알아야겠다.

이렇게 선생은 들어가는 말을 시작했다. 미리 밝혀두고 싶은
것은 이오덕 선생의 주장과 내가 하고자 하는, 주장은 '이제부터
절대 한자어 등을 쓰지 말고 순 우리 말로 바꾸어 글을 쓰자.'가
결코 아니다. '애교 띤 목소리'를 순 우리말로 하면 '홀림목'이라
고 하는데 이 단어를 지금 사용한다면 누가 이해를 할까? 그 모
든 말을 순 우리 말로만 사용하자는 의미가 아니다. 잘못 쓰고 있
는 말, 쓰지 말아야 할 말들, 우리 말을 죽이는 외래어 들이 무엇
이 있는지 살펴보자는 것이다. 우리 말로 썼을 때 의미전달이 명
확하고 이해가 술술 되는 경우, 되도록 우리 말을 쓰자는 것이
다. 뒤이어 나는 '중국글자말', '일본말' 그리고 '서양말'에 대해
꼭 알아야 할 것들에 대해서도 선생의 책에서 발췌할 예정이다.

재개념화, 탈대중화, 개인적으로,
결정적으로 등의 용어를 쓰지 말아라.
이런 전문 용어는 허세의 증거일 뿐이다.

- 데이빗 오길비

CHAPTER 39

중국말의 지배
– 신문, 방송 병든 말

우리나라는 예로부터 중국글자말을 써야 지식인으로
대접 받았다.

우리나라에 한자와 한문이 들어온 것은 서기전 2세기경으로
3세기 후반에는 이미 학문을 일본에 수출할 수 있는 수준에 이
르렀고, 6세기에는 이미 한자와 한문이 정착되었다. 오랜 유교
사상의 영향으로 한글에서는 아버지를 '아비, 아버지, 아버님'으
로 표현하지만 남에게 높일 때에는 '가친(家親), 엄친(嚴親), 선
친(先親). 선고(先考), 춘부장(春府丈)'이라 표현한다. 이는 한글
과 한자어가 공종하는 경우 높임말로 한자어가 선택되는 것이
다. 우리에게는 세상 어디에 내놔도 자랑스러운 한글이 있다. 전
세계 유명한 학자들이 논문, 사설 등에서 극찬을 아끼지 않는 우

리 말이 있는데 오히려 남의 나라 말을 쓰는 것을 유식해 보인다
생각하는 현실이 안타깝다. 앞서 말한바와 같이 이오덕 선생의
《우리 글 바로 쓰기》에 나온 내용 중 꼭 알아야 할 내용(내용이
꽤 많기에, 선생의 책에서는 대부분 80년대 사례가 대부분이다)
을 - 나와는 비교가 될 수 없을 정도로 많이 연구하신 선생이기
에 - 바탕으로 쓰고, 예시는 내가 최근에 신문과 방송에 쓰인 글
들을 직접 찾아 이야기를 끌어가려 한다. 선생 책을 읽으면서
《우리 글 바로 쓰기》출간 30여년이 지난 요즘은 우리 말을 바르
게 쓸 것이라 생각했다. 하지만 2017년 가을에도 여전히 언론에
서 쓰는 글은 예전과 다르지 않았다.

첫 번째, 중국글자말에서 풀려나기

밖에서 들어온 말 가운데서 가장 먼저 논의해야 할 것은 역시 중
국글자말이다. 하지만 이것을 모조리 없앨 수가 없고, 모조리 없앨
필요도 없다. 우리가 몰아내어야 할 중국글자말은 무엇보다도 먼
저, 우리 글자로 썼을 때나 입으로 말했을 때 그 뜻을 알 수 없거나,
이내 알아차릴 수 없는 말이다. 이런 말은 먼저 우리 말이 될 수 없
다고 보고, 쉬운 우리 말로 바꿔 써야 한다.

1. 우리 글자로 썼을 때 그 뜻을 알 수 없거나 알기 힘든 중국
   글자말

앞뒤의 문맥으로 미루어 그 뜻을 알게 된다고 하더라도 순수한
우리 말로 바꾸어 써야 한다. 낱말은 홀로 서도 그 뜻을 알 수 있

어야 하기 때문이다.

* '안보가 엄중하고 민생 경제가 어려워 살기 힘든 시기에 전전(前前) 정부를 둘러싸고 적폐청산이라는 <u>미명하에</u> 일어나고 있는 사태를 지켜보고 있다'며... (아름다운 이름으로, 허울 좋은 이름으로) 동아일보 2017. 9. 29. (사태도 '일'이라고 하면 좋고, 엄중하고도 '매우 중요하고'로 하면 더욱 좋겠다)
* '한국의 *미*'에 푹 빠진 호주 작가 5인 시드니 <u>그룹전</u>(아름다움 / 단체행사) 연합뉴스 2017. 9. 19. 미라고 소리 내게 되는 중국 글자를 사전에서 찾아보면 여덟 자(美, 尾, 未, 味, 黴, 眉, 米, 迷)나 된다.
* 기존 스포츠카에서 경험하지 못한 앙칼진 엔진<u>음</u> (소리) 오토타임즈 2017. 9. 19.
* '투톱' 이창호, 이세돌 등 대표팀은 <u>입촌직후복싱</u> 역도선수와함께... (선수촌에 들어가자 곧) 중앙일보 2017. 9. 4.
* 남원시의회 한명숙 의원은 27일 열린 제 217회 임시회 제2차 본회의에서 시정질문에 나서 '시립 김병종 미술관'의 명칭을 <u>재고</u>해야 한다고 주장했다. (이름 / 다시 생각) 전북일보 2017. 9. 27.
* 공정위 '신뢰<u>제고</u>방안' 발표...늑장처리 <u>오명</u> 벗을까 (높이는 / -로 더러워진 이름) 서울경제 2017. 9. 28.
* 수출액의 경우, <u>대</u> 일본 수출액이 7억 3701만불로 가장 많았고 (일본에 대한) 폴리뉴스 2017. 10. 5
* 저자는 19세에 이주하여 뉴욕에서 활동하는 <u>재미</u> 변호사로 <u>소개되고</u> 있다. (미국 거주, 미국에 사는 / 소개하고) 한겨레 2017. 9. 28.

* 가을여행 백미 단풍. 숨은 <u>명소서</u> 명절증후군 싹 (뛰어난 볼거리 / 널리 알려진 곳에서, '숨은'과 '명소'는 의미가 맞지 않는다) 머니투데이 2017. 9. 30.
* 클리블랜드, <u>파죽의</u> 19연승 행진 (거침없는) 스포츠동아 2017. 9. 12.

2. 입으로 말했을 때 그 뜻을 알아듣기 힘든 중국글자말

입으로 말했을 때 그 뜻을 쉽게 알아차릴 수 없는 중국글자말이 많다. 본래 중국글자말은 민중들이 일하는 삶 속에서 생겨나고 쓰인 것이 아니라 양반이나 관리들. 학자들이 읽고 있는 글에서 생겨났기 때문이다.

* 창원시의 변신에 <u>다소 의아해하는</u> 시각도 있지만 나름의 이유가 있는데요. (조금 의심스러운) YTN 2017. 10. 2.
* 주요 국내외 정책을 놓고 두 사람간의 큰 <u>이견이 있음은</u> 비밀이 아니라고 ABC방송이 보도 했다. (사이의 / 의견이 다름은) KBS 2017. 10. 6.
* 앞으로 3년 내 한반도에서 전쟁이 <u>발발할</u> 가능성이 크다는 분석이 나왔다. (일어날) 조선일보 2017. 9. 30.
* 하태경 "교각살우의 <u>우</u>를 범하지 말라" (어리석음을) KNS뉴스 2017. 9. 22. ('교각살우'도 이왕이면 '결점이나 흠을 고치려다가 정도가 지나쳐 더 일을 그르치는 행동'이라고 하면 좋다.)

3. 문자 쓰지 마라.

아이나 어른이나 글을 쓰라고 하면 대게는 글벙어리가 된다. 사

람들이 글쓰기를 어려워하는 것은 글이 말과는 다르다고 알고 있기 때문이다. 말을 글자로 적어놓은 것이 글일 터인데, 글이 말에서 멀어져 말과는 아주 다른 질서를 가진다는 것은 매우 좋지 못한 현상이다. 더구나 말을 소리 나는 대로 적게 되어 있는 우리 글이 우리 말에서 멀리 떨어져 나가 있다면 아주 크게 잘못된 일이다.

이렇게 된 가장 뿌리 깊은 원인은 우리 조상들이 중국글자를 써서 생각을 나타내고 중국글이나 중국글자말을 써야 행세를 하도록 하는 사회를 만들었기 때문이다.

우리는 불행하게도 우리 말과는 다른 '중국글자만 체계의 문장'이라는 생각에 갇혀 아직도 벗어나지 못하고 있다. 옛날부터 글깨나 쓴다는 사람들이 '문자 쓴다'는 것이 바로 이것이다.

* *손학규 "전쟁 가능성 배제못해..북 사실상 핵보유국 인정해야"(없다고 말 못해) 연합뉴스TV 2017. 9. 28.*
* *'위조'여부는 차치하더라도 중국의 GDP(국내총생산) 성장률은 감소 추세다 (제쳐두고라도) 머니투데이 2017. 10. 5.*
* *한 해 신간 수만 권이 나오지만 반품률이 절반에 가까운 출판계에 미래는 있는 걸까. 그럼에도 불구하고 종이는 왜 이토록 질기고 또 아름다운가. (그런데도) 시사IN 2017. 10. 8.*
* *가야 고분군, 세계 유산 등재 추진 박차 (온 힘을 기울였다.) SBS 2017. 9. 25.*
* *난민위기에 무비판적인 보도가 언론에 대한 불신, 균열 키웠다. (비판 없는, 생각 없는) 연합뉴스 2017. 7. 25*
* *장웅 북한 올림픽 위원도 그 문제에 대해서 일언지하에 잘랐다가 또 관심을 보였다가 하는 그런 현상을 보이고 있는데... (한마디로) YTN 2017. 10. 4.*

4. 걸핏하면 어렵게 쓰는 중국글자말

대중들이 잘 안 쓰는 말을 써서 유식함을 자랑하고 싶거나, 너무
쉬운 말을 써서는 자기가 무식하게 보일 것 같은 염려 때문에 글쟁
이들의 중국글자 사용이 두루 퍼진 것 같다.

* 리용호 외상의 기조연설이 앞당겨지면서 <u>조우</u> 가능성이 더욱
  커졌다는 관측입니다. (만남) YTN 2017. 9. 18.
* 영화는 제주 <u>노해녀</u> 할머니 계춘과 일찌감치 부모를 여읜 손
  녀 혜지의 이야기다. 시장통에서 헤어진 두 사람은 12년이 흘
  러 극적인 <u>해후</u>를 한다. (나이 든 / 만남을) 뉴스엔 2016. 5. 20.
* 트럼프 "폭풍전야"…모호한 말로 또 불안 <u>야기</u> (일으킴) YTN
  2017. 10. 7.
* 노동 '양대지침' 폐기…"일방적 추진으로 갈등 <u>초래</u>" (가져옴,
  불러일으킴) SBS 2017. 9. 26
* 황의조-손흥민-권창훈 '삼각편대', 러시아전 <u>선봉</u> 출격 (앞장
  서) 이데일리 2017. 10. 7
* 법원도 질세라 "다른 사건에 영향을 미치려는 저의"라며 <u>일전
  불사라도</u> 할 듯 날을 세우는 흔치 않은 광경이 벌어졌다. (한판
  싸우기라도) 한겨레 2017. 9. 21
* '삼시세끼' PD "에릭X이민우X앤디, 20년 우정 <u>진면목</u> 볼 수 있
  다" (참 모습) 뉴스엔 2017. 10. 6
* 2007년에서 2015년 사이 소득계층이 올라갈 확률은 꾸준히 낮
  아진 반면 같은 계층에 머물 확률은 계속 높아지며 계층 <u>고착
  화</u> 흐름을 보였습니다. (─이 굳어지는) 연합뉴스TV 2017. 10. 8.
* 브라질 2018년 대선판도 '<u>예측불허</u>'…룰라 지지율 선두 질주

(예측 못 해, 짐작 못 해) KBS 2017. 10. 2
* 문재인 정부 첫 국군의 날 행사 이달 28일 <u>조기</u> 실시 *(일찍 하 기로) 파이낸셜 뉴스 2017. 9. 14.*
* 트럼프, 北 잠재적 테러리스트 <u>간주</u>. '1.5 트랙' 대화에 악영 향 *(一로 정함, 보고) 국민일보 2017. 9. 26.*
* 이들이 법적으로는 독립적이지만 경제적인 관점에서는 <u>상호 의존적이며...</u> *(서로 기대며) 창업경영신문 2017. 9. 19. ('경제적 인 관점에서는'도 그냥 '경제에서는'이라고 하면 된다.)*
* 추석 연휴 막바지 고속도로 원활..부산 – 서울 5시간 10분 <u>소요</u> *(걸려) 한국경제 2017. 10. 8*
* "심원택 사장, 5.18 <u>폄훼</u> 발언 맞다" 증언 *(헐뜯어 깎아내리는) YTN 2017. 9. 29.*
* 원전보다 안전을 주장하는 측과 원전의 계속적인 건설을 요구 하는 측이 <u>첨예하게 대립하고</u> 있는 양상이다. *(날카롭게 맞서 고) 울산매일 2017. 9. 13.*

5. 중국글자말고 더 정다운 우리 말로 바꾸어 쓰자

누구든지 잘 알고 있는 중국글자말이라도 순수한 우리 말이 있 으면 중국글자말을 피하고 순수한 우리 말을 써야 한다. 그 까닭은, 우리 말이 더욱 부드럽고 아름답기 때문이다. 그리고 귀로 들었을 때나 글자로 썼을 때 더 알기 쉽기 때문이다.
* *진주시* <u>모</u> *경로당 회장 '출입 제한' 갑질 논란. (어느) 경남일 보 2017. 9. 4.*
* *국민의당 "文 대통령 전작권* <u>조기</u>*환수. 이* <u>시점</u>*서 할 일 아 냐"(빠른 / 때에) 뉴스1 2017. 9. 28*

* 갓난아기 <u>수차례</u> 집어던진 친부, 징역 6월로 감형 (몇 차례, 몇
번) 헤럴드경제 2017. 9. 30

* 송도국제도시 핵심입지 <u>위치한</u> '송도 아트원몰' 투자자 눈길
(—에 있는, 자리 잡은) 경향신문 2017. 10. 3.

* 우즈베키스탄 <u>거주</u> 고려인 돕기 사업 펼친다 (—에 사는) 중도
일보 2017. 10. 8.

* <u>자녀</u>가 부모에게 가장 듣고 싶은 말 "잘하고 있어" (아들딸, 아
이) 헤럴드경제 2017. 10. 8.

6. 우리 말을 파괴하는 중국글자말투

어떤 중국글자말의 앞이나 뒤에 —적(的), —화(化), —하(下), 재
(再), —제(諸), —대(對)들을 붙여서 쓰는 버릇이 있다. 말보다는 글에
더욱 심하게 나타나지만, 글이 또 말에 영향을 미치는 것은 당연한
이치이므로 오래 써온 말과 글의 버릇을 조금이라도 고쳐보도록
하자. 될 수 있는 대로 안 쓰도록 하고, 적게 쓰도록 조심해야 한다.

—적 (的)

* 6.15의 <u>현재적</u> 의미와 문재인 정부의 대북정책 (오늘날의, 지금
의) 국민뉴스 2017. 9. 19.

* 그보다 좀 덜하면, 싸워도 어차피 질 것이니까 아예 포기하
고 <u>무조건적인</u> 복종을 택합니다. (조건 없는) 동아일보 2017. 10. 8.

* 유엔, '佛대 테러법' 인권 침해 우려.. "공권력 <u>임의적</u> 사용"(임의
로, 마음대로) 뉴시스 2017. 9. 29.

* 우선, 북한 지도부는 마오쩌둥 주변의 <u>이데올로기적인</u> 핵심 그
룹보다 실용적이다. (이데올로기의, 사상의) 한겨레 2017. 9. 24.

* 양대노총, 노사정위 거부 "새 *사회적* 대화틀을"(사회의) 한겨레 2017. 9. 28.
* 전 정권이 입국을 거부해온 김석범 작가는 지난달 광복절 문재인 대통령이 축사에서 "재일동포의 경우 국적을 불문하고 *인도주의적* 차원에서 고향 방문을 정상화하겠다."고 발표한데 힘입어 18일 입국해 강연한다. (인도주의) 뉴스원 2017. 9. 6.

–화(化)
* 北 외무성 "日, 자위적 핵 구실로 *군국화* 명분 마련" 비난 (군국으로의) 뉴시스 2017. 5. 30.
* 이호철 작가는 6.25전쟁으로 인한 민족분단의 비극과 이산가족 문제를 주로 *작품화해온* 대표적인 분단문학 작가다. (작품이 되게 해온) 뉴스원 2017. 9. 6.
* 이를 두고 내부에서는 "내년 지방선거를 겨냥 *정치 쟁점화* 하려는 것이 아니냐"는 의문을 제기했다. (정치쟁점으로) IBS뉴스 2017. 9. 20.
* 케냐 대법, 지난달 대선 결과 *무효화* (무효) 뉴시스 2017. 9. 1.

–성(性)
* 유럽에선 10월 5일 9월 유럽은행 통화정책회의 의사록이 나오지만 달러에 큰 영향을 주고 있던 유로화의 *변동성도* 확대되지 않을 것이란 전망이 힘을 받고 있다. (변동도) 이데일리 2017 .10 .2.
* 與, 정책의총서 국감 방향성 공유..예산, 입법전략 논의 (방향) KBS 2017. 9. 26. 이밖에도 근면성(근면함, 부지런함)이 모자란다, 성실성이 있다(성실함이 있다, 성실하다), 정직성(정직함)

이 첫째요 따위를 많이 쓰는데, 이럴 때는 —성을 '–함'으로 쓰
면 된다.

–하(下)
* 정치적인 <u>상황하에서</u> 국민들을 바라보는 균형추 역할을 적극
  적으로 해 달라, 이런 말들이 있었습니다. (상황에서, 형편에서)
  YTN 2017. 10 .8. ('정치적인'도 '정치'라고만 하면 된다.)
* 그럼에도 이런 것들은 문 대통령이 말하던 자주국방의 <u>맥락하</u>
  <u>에서</u> 추진되는 것이다. (맥락에서) 경향신문 2017. 10. 2.

–하 대신에 –아래에서를 쓰기도 한다. 결국 중국글자말을 번역한
우스운 말이라 할밖에 없다.
* "'투비스의 탄생'이라는 큰 <u>주제 아래</u> 10부작으로 웹 드라마를
  준비 중이예요."(주제로) 세계일보 2017. 10. 7.
* 금융회사를 계열사로 둔 기업집단에 대한 감시가 부족하다는
  <u>문제의식 아래</u> 제도 도입이 추진돼왔다. (문제의식에서) 서울
  경제 2017. 9. 27.

덮어놓고 –하(아래)를 자꾸 쓰다보니 이렇게 도리어 '위에'라고
써야 할 자리까지 아래라고 쓰게 된다.
* 본사 차원에서 차량 연구와 개발 단계부터 녹이 발생할 수
  있다는 <u>가정 아래</u>...(가정에서, 가정 속에서) 오마이뉴스 2017.
  9. 27.

–감(感)
* "철강주, 中 수요에 대한 낮은 <u>기대감은</u> 오히려 기회" (기대는)

아시아경제 2017. 10. 8.
* '맥스큐 머슬마니아' 윤나래, 자신감 있게 (자신 있게) 스포츠
  경향 2017. 9. 23.
"자신감 있게 (자신 있게) 생각하기를" "책임감(책임)을 물어야
옳다"들에 쓰이는 ─감은 모두 필요 없거나 잘못된 말입니다.

─시(視)
* 중국 당국은 공산당 지배력이 금이 갈 것을 우려해 톈안먼 사
  태 논의 자체를 <u>금기시한다</u>. (꺼림칙하게 생각한다) TV리포
  트 2017. 10. 7.
* KT가 전력 보강을 <u>등한시</u> 했던 건 아니다. (등한히 여긴 것은,
  대수롭잖게 여긴 것은) 스포티비뉴스 2017. 10. 5.

─상(上)
* <u>외형상</u> 경쟁의 형태를 띠고 있으나 단체수의계약 시기와 다를
  바 없는... (외형으로는, 겉으로는) 서울경제 2017. 10. 6.
* 쿠바 카스트로 형제 통치 <u>형식상으로는</u> 끝 (형식으로는, 형식
  에서는) KBS 2017. 9. 6.

─리(裡)
* 강원도민 생활체육대회 17일 <u>성공리</u> 폐막 (성공으로) 뉴스1
  2017. 9. 18.
* 중국인 유학생 페스티벌 <u>성황리</u> 폐막 (성황으로) 노컷뉴스
  2017. 10. 2.

−재(再)

* '터널' 오달수, 배두나와 촬영 비하인드 *재조명* (다시 조명) 아시아경제 2017. 10. 6. ('비하인드'도 '뒷이야기'라고 하면 좋겠다)

7. 틀리게 쓰는 중국글자말

1. '중국글자말+한다'로 쓰는 경우

순수한 우리 말이 중국글자말에 잡아먹히는 꼴은 아기(유아), 말(언어), 글(문장), 옷(의복), 집(가옥), 찬물(냉수), 달걀(계란), 뜻(의미), 거짓(허위), 갈림길(기로)와 같이 이름씨에도 나타나고, 차차(점차), 서로(상호), 천천히(서서히)와 같이 어찌씨에도 나타나지만, 다음과 같이 움직씨나 그림씨도 중국글자말 다음에 −한다를 붙여서 우리 말을 모조리 몰아내고 있다.

밥 먹는다 (식사한다)

일한다 (노동한다, 근로한다)

잠잔다 (취침한다, 수면한다)

쉰다(휴식한다)

다툰다 (경쟁한다)

싸운다 (투쟁한다)

춤춘다 (무용한다)

논다 (유희한다)

성낸다 (분노한다)

사건이 일어난다 (발발한다)

걸어간다 (보행한다)

숨쉰다 (호흡한다)

빈다 (기도한다)

차 탄다 (승차한다)

나선다 (출발한다)

다다른다 (도착한다)

끝낸다 (종결한다)

부르짖는다 (절규한다)

이긴다 (승리한다)

진다 (패배한다)

나아간다 (전진한다)

헤맨다 (방황한다)

가난하다 (빈궁하다)

깨끗하다 (청결하다)

조용하다 (정숙하다)

착하다 (선하다)

* 경험에 *기초해서* 판단하지 말라. (바탕을 두어, 바탕으로 하여)
  어느 블로그('기초한다'는 본디 우리 말에는 없었다.)
* 청평사 산책로에 *위치한* '구성폭포' (있는, 자리 잡고 있는) 뉴
  시스 2017. 10. 6.
'있다'고 하면 될 것을 위치한다고 쓰는 것도 일본말의 영향이다.

2. 겹말

겹말은 거의 모두 중국글자말에서 온다.

대개는 중국글자말이 앞서고 그 다음에 또 중국글자말이 붙거나
순수한 우리 말의 이름씨나 토씨가 붙는다. 중국글자말이란 것이
얼른 그 뜻을 알아내지 못하는 말이 되어서 자연스레 그다음에 알

기 쉬운 말을 붙이고 싶어 하는 심리에서 오는 현상이다.

* 연휴*기간 동안* 방문객 50만명..숨통 튼 '제주 관광' (동안, 사
  이) jtbc 2017. 10. 3.
  (기간과 동안 둘 중 하나만 쓰면 되겠는데, 기간이란 중국글자말
  보다 '동안'이 좋겠다.)
* 추석명절 *기간 동안* 만성질환자 더 조심해야 (사이, 동안) 매
  일경제 2017. 9. 30.
* 1950년 한국전쟁이 일어난 *이후부터* 전쟁은 노인이 청소년기
  에 줄곧 겪어온 체험이었을 것 (이후) 머니투데이 2017. 10. 8.

3. '일절'인가 '일체'인가?
* 대구 을지연습 기간 격려 위문품 일절 받지 않는다. (일체, 전
  혀) 세계일보 2017. 8. 21.
* 범행방법이나 범행과정, 범죄혐의 인정 여부 등 사건과 관련
  된 물음에는 *일절* 입을 다물고 있다고 합니다. (일체) 연합뉴
  스TV 2017. 10. 8.

(일체(一切)란 중국글자말은 이름씨(명사)와 어찌씨(부사)와 매김
씨(관형사) 세 가지로 볼 수 있다. 위의 보기글들은 모두 어찌씨로
쓴 것이다. 이름씨와 매김씨로 쓰는 경우는 드물고, 어찌씨로 쓰는
일이 많다. 어찌씨로 볼 때 일절이라고 쓰는 것은 잘못이다. 사전
에도 잘못 적혀 있다.)

'一切'를 '일절'로 읽어서는 틀리고 '일체'로 읽어야 함은, 이 '切'
자가 '모두' '전부' '전혀' '아주'의 뜻일 때는 '체'로 읽고, 칼로 무엇
을 베거나 끊는다는 뜻으로 일을 때는 '절'이 되기 때문이다.

4. 잘못 쓰는 하임움직씨 '-시킨다'

세상에는 흔히 '시키다'를 그르쳐 쓰는 경우가 많다. '하다'로 넉넉히 표현이 가능한 것을 공연히 '시키다'로 하는 것이다. 보기를 들면,

김 아무가 민중을 선동시켜서......

술이란 것은 신경을 자극시킨다.

와 같은 따위다. 제움직씨(自動詞)의 '하다 따위 움직씨'를 남움직씨 같이 만들어 쓰는 데에는 '시키'가 필요하지마는, 본대 남움직씨를 그저 단순한 남움직씨로 스는 데에는 조금도 하임의 뜻을 보이는 '시키'가 필요 없는 것이다.

> * 나에 대해 창피한 생각에 '간만에 나를 혹사시켜주자'해서 내가 한 번 늙어보겠다고 제안했다. (혹사해보자) 뉴스엔 2017. 8. 29.
> * 미국과 동맹을 방어해야만 한다면, '북한을 완전히 *파괴시키는 것*'이외에는 다른 선택이 없을 것 (파괴하는, 깨뜨리는) 뉴스타운 2017. 10. 7.

이처럼 우리 생활 속에는 무수히 많은 중국글자말이 아무렇지 않게 쓰이고 있다. 우리말이 아닌 중국글자말을 쓰게 되면 말도 자연스럽지 않고 의미 전달도 모호해 지는 경우가 대부분이다.

– '우리 말을 파괴하는 외래어' 가운데

다시 말하지만, 우리 말을 쓰면 내용의 이해가 훨씬 쉬워질 뿐 아니라 따로 해석해야 하는 단어 또한 없다. 술술 읽히는 글이 된다. 진정 수준 있는 글은 읽는 사람이 이해를 바로 할 수 있게 쓴

글이다. 글의 수준을 높이기 위해서라도 어려운 중국글자말은
되도록 쓰지 않는 것이 좋겠다.

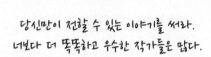

당신만이 전할 수 있는 이야기를 써라.
너보다 더 똑똑하고 우수한 작가들은 많다.

- 닐 게이먼

CHAPTER 40

일본말의 지배
– 신문, 방송 병든 말

중국글자말 못지않게 일본말도 우리 말을 병들게
하고 있다.

중국글자말과 마찬가지로 이오덕 선생의 잘못된 일본말에 대
한 설명을 그의 책에서 가지고 왔다. 신문과 방송에서 잘못 쓰이
고 있는 현실은 내가 직접 찾아 실었음을 밝혀둔다.

1. 우리 말을 파괴하는 일본말 일본글

일제시대에는 포악한 제국주의가 강요해서 그렇게 되었다고 핑
계를 댈 수 있지만. 요즘은 우리가 즐겨서 일본말을 따르고 흉내내
는 꼴이 되었으니 큰일이라 할 수 있겠다.

일본의 말법과 우리 말법이 비슷해서 글을 따라 차례로 낱말만

우리 말로 바꿔놓으면 뜻이 통한다고 알고 있다. 하지만 아무리 말법이 비슷하다 해도 일본말은 일본말이지 우리 말은 아니다. 우리 말이 일본글을 따라 괴상하게 쓰여 지는 것은 예삿일이 아니다. 중국글자말도 일본사람들은 중국글자로 적어놓고는 자기 나라 말로 읽는 것이 많다.

2. '진다' '된다' '되어진다' '불린다'

진다

이 입음도움움직씨를 아무 데나 함부로 쓰는 것은 일본말글의 영향이다.

예를 들어보면,

* 한글을 주제로 <u>만들어진</u> 예술작품들 (만든) 연합뉴스 2017. 10. 8.
* 1954년 52세의 한물 간 세일즈맨 레이 크록은 우연히 맥도날드 형제의 가게에서 햄버거가 <u>만들어지는</u> 데 단 30초가 걸리는 것을 보고 감탄하고 감동한다. (―를 만드는) 서울경제 2017. 10. 8.
* 내 블로그에서 댓글 공감 목록열기를 클릭해도 <u>열려지지</u> 않아요. (열리지) 어느 블로그
* 중국은 리더들의 투명성과 역량을 높이기 위해 30여 년이 넘도록 <u>키워진다.</u> (키운다. 키우게 된다) 중앙일보 2017. 9. 14. (키워진다, 보내진다 이런 말은 우리 말이 아니다.)
* 만약에 일본 본토를 넘긴다면 일본이 아마 가만있지 않겠나 그렇게 <u>보여집니다.</u>(보입니다) YTN 2017. 10. 8.

* 죄를 지은 자는 벌을 받아야 하고 부정한 과정을 통해 얻은 재산은 법과 정의의 이름으로 제자리로 <u>돌려보내 져야</u> 한다. (돌려보내야) 해럴드경제 2017. 6. 13.
* B씨의 입에는 포장용 테이프가 <u>붙여져</u> 있었고... (붙여, 붙어) 아시아경제 2017. 10. 1
* 후원받은 쌀, 고기, 부식류 등으로 급식소를 운영하다 보니 현금 지출이 그만큼 <u>적어졌다는</u> 설명이다. (적다는) 매일신문 2017. 9. 18.
* '진실은 <u>밝혀져야</u> 합니다.'((을) 밝혀야) 스타투데이 2017. 9. 21.
* 경찰청장의 지시로 삭제?..진실 <u>밝혀져야</u> (밝혀야) SBS 2017. 8. 14.

이렇게 쓰는 까닭은 글에다가 행동의 주체를 드러내기를 꺼리는 심리 때문이라고 밖에 생각되지 않는다. 언론에 대한 압박이 글을 쓰는 이들에게 이와 같이 저도 모르게 책임을 피하는 듯한 말을 하도록 하고 있다.

* '좋은 일자리 창출을 위한 서비스 산업 혁신'의 하나라고 <u>다뤄지고</u> 있어 문제가 될 수 있다는 지적이다. (다루고) 메디파나뉴스 2017. 10. 7.
* 무엇보다 한국의 하지원 씨도 주연으로 출연을 하고 있기 때문에 그 부분에서 <u>관심이 모아지고</u> 있습니다. (관심을 모으고) YTN 2017. 10. 8.

이것도 '모이다'란 말이 있으니 모아+지다 꼴을 만들 이유가 없다.

* 한글 이름이 따로 없어 국제동물 명명규약에 따라 라틴어로

지어진 학명을 소리 나는 대로 <u>명명해왔다</u>. (지은 / 불러왔다)
KBS 2017. 10. 8.

* 그는 "이는 바로 <u>고쳐져야</u> 하며 수 많은 며느리들이 동등한 입
장에서 보호 받아야 할 권리며, 나라가 나서줘야 한다"고 주장
했다. (고쳐야) 중앙일보 2017. 9. 30.

* 저명한 수많은 음악상을 받고 특히, 2009년 음악인들의 노벨
상이라고 <u>일컬어지는</u> 지멘스 상을 받았다. (일컫는, 말하는) 한
겨레 2017. 10. 5.

된다

이 된다는 '한다움직씨'에서 '한다' 대신에 된다를 써서 입음움
직씨로 만드는 경우인데, '한다' 그대로 쓰면 될 것은 공연히 입음
움직씨로 마구 쓰는 경향이 있다. 이것은 중국글자말을 생각 없이
쓰는 데 원인이 있는 것이지만, 이렇게 중국글자말을 많이 쓰게 된
것이 일본글을 잘못 옮기는 과정에서 된 것이다.

* 단말 지원금 상한제가 내일부터 <u>폐지됩니다</u>. (─를 내일부터 폐
지합니다.) SBSCNBC 2017. 9. 30

이렇게 '─하고' '─해야'를 모두 ─되고, 돼야로 쓰는 것도 ─지고,
─져야처럼 행동의 주체를 바로 드러내지 않으려는 데서 오는 것으
로, 이것은 결코 글을 바로 쓰는 길이라 할 수 없다.

* 빨리빨리 문화는 좀 <u>자제되어야</u> 하지 않을까 (자제해야, 스
스로 억제해야, 스스로 삼가야) 어느 블로그

되어진다

되어와 진다가 합쳐서 된 것이다.

되어지다는 대게 소용없는 지다가 붙는 것이지만, 더러는 되어
와 지다가 모두 소용없고, 죄다 없애야 할 경우도 있다.

* *개신교 지역에 살던 사람들이 경제적으로 더욱 더 풍요롭게 되*
어진 것은 부산물이다. (된) 크리스천투데이 2017. 10. 8.

불린다, 불리운다

* *'영국의 저스틴비버'라 불리는 영국 천재 싱어송라이터 코너*
메이너드가 첫 내한 공연한다. (부르는, 말하는) 전자신문 2017.
10. 6.

* *곡물계의 흑진주라 불리는 흑미 (부르는, 말하는) MBC 2017.*
9. 22.

'부른다'의 입음꼴인 불린다는 사전에도 나오지만 실제 입말에
는 거의 쓰이지 않는다. 그런데 이것이 글에 많이 쓰이는 까닭은
보기를 들 필요도 없이 일본말의 영향이다. 우리 말로서는 '부르
는' '말하는'이라고 해야 한다. 불린다를 쓰지 말아야 할 또 하나 이
유는, 다른 뜻을 가진 불린다란 말이 여섯 가지나 되기 때문이다.

* *'마녀의 법정' 문제작이라 불리는 이유 (부르는, 말하는) 스포*
츠동아 2017. 9. 29.

3. −에 있어서

이 −에 있어서란 말은 일본말 ∼において를 그대로 따라 옮겨 쓰고 있음이 의심할 여지가 없다. 이 말은 본래 일본사람들이 중국 글자를 새겨 읽으면서 쓰게 된 말이다.

−에 있어서가 일본말에서 왔다는 것은, 본래 우리 말에는 없었기 때문이다. 중국글을 읽을 때도 우리는 이 '於(어조사 어)'자를 '에' '에서' '에게' '부터'로 읽었지 −에 있어서라고 하지는 않았다. 이 말은 일본제국이 이 땅에 들어온 뒤에 일본글 공부를 한 사람들이 쓴 글에서 비로소 나타나게 된 것이다.

일제시대 이후 글을 쓰는 사람들이 모두 이 말을 우리 말인 줄 알고 쓰게 된 것이다.

−에 있어서가 우리 말이 아니라는 또 다른 증거는, 어떤 경우에도 이 말을 쓰지 않으면 안 되는 경우가 없고, 이 말 대신에 우리가 보통으로 쓰고 있는 말을 그 자리에 넣으면 훨씬 부드럽고 자연스런 말이 되기 때문이다.

* 일본에 있어서는 (일본에서는)
* 임신 전에 있어서 (임신 전에)
* 조선 문학에 있어서 (조선 문학에서)
* 역사적 발전 단계에 있어서의 (역사적 발전 단계에서)
* 서구문학에 있어서 (서구문학에서)
* 그에게 있어서는 (그에게는)
* 밴드 해체는 음악 활동에 있어서 견해 차이와 밴드 구성원 각각의 향후 진로 등을 종합적으로 고려하여 내려진 결론 (활동에 / 내린) 뉴스1 2017. 10. 7.

* 그런 것을 생각하면 산은 *나에게 있어* '나눔'이다. *(나의, 나에게) e수원뉴스 2017. 9. 17*
* 또 혁신위는 지방선거 <u>공천에 있어서</u> '우선추천확대' 즉 경쟁력있는 인재를 당에서 내리꽂는 '전략공천'을 확대한다고 밝혔다. *(공천에) 뉴시스 2017. 10. 6.*

–에 있어서 따위 말을 모두 정리하면 다음과 같다.
* 에 있어, 에 있어서, 에 있어서는, 에 있어서도 (에서, 에서는, 에서도, 에 따라, 에게나)
* 에 있어서의 (의,에서, 에 있는)
* 에게 있어 (에게, 로서)
* 데 있어서 (데서(는))
* 에게 있어서의 (에게 있는, 로서)

4. 의

우리 말에서는 토씨 의를 잘 안 쓴다. 옛글에도 의는 좀처럼 잘 안 나오고, 의자가 나와도 그것은 지금 쓰는 토 '에'의 뜻으로 본 것이다. 입으로 하는 말로서는 지금도 의는 잘 안 쓴다.

여기서 우리 말과 일본말에 공통으로 쓰는 관형격조사만을 보기로 들어 견주어보자. 앞에서도 말한 바와 같이 우리 말에서는 이 토를 흔히 생략한다. "우리 집으로 간다" "이건 아버지 모자다" 이렇게 말하지 "우리의 집으로 간다" "이건 아버지의 모자이다"고 말하지는 않는다. 그런데 일본말에서는 "私の家" "これは父の帽子だ"라 해서 꼭 'の'자를 써야 된다.

다음은 일본의 한 소학교 아이가 쓴 글이다.

昨日きのう僕ぼくは私わたしの家いえの後うしろの私わたしの家いえの畑はたけの私わたしの家いえの桃ももを食たべました。

이 글을 그대로 우리 말로 직역을 하면 다음과 같다.

"어제 나는 나의 집의 뒤의 나의 집의 밭의 나의 집의 복숭아를 따먹었습니다."

이건 도무지 우리로서는 말이라 할 수 없다. 그래서 위의 일본 말을 우리 말이 되도록 옮긴다면 다음과 같이 쓰는 수밖에 없을 것이다.

"나는 어제 우리 집 뒤에 있는 우리 밭 복숭아를 따먹었습니다."

우리 말에서는 왜 이 토씨 의가 잘 안 쓰일까? 몇 가지 까닭이 있겠지만 발음이 힘들어서 그럴 것이라고도 본다.

일본글자 の는 '노'라고 소리 내면 되고, 그것이 한 문장에 아무리 거듭 나타나더라도 부드럽게 읽히고 자연스럽게 느껴진다. 그런데 우리 말에서 의는 설사 한 번 쓴다고 하더라도 다시 또 그다음에 곧 거듭해 나올ㄹ 때 무척 마음에 걸리고 다른 말로 바꾸고 싶어진다. 소리 내기가 거북해서 그런 것이다.

"나의 살던 고향은 꽃 피는 산골" 우리가 반세기도 더 지난 옛날부터 무심코 부르면서 자라난 이 노래부터 우리 말법으로 된 말이 아니다. '내가 살던 고향'이지 어째서 "나의 살던 고향"인가?

서로의 신뢰를 쌓아주는 '친밀감'을 높여라 (서로) 매일경제 2017. 9. 27.

"서로"란 어찌씨는 뒤에 움직씨가 오니까 의를 붙여 매김자리 토씨로 만들 필요가 전혀 없다. 의를 없앰으로써 뜻이 비로소 살아난다.

* *조권 JYP 계약 종료 "서로의 앞날 응원" (서로) 서울신문 2017.*
  9. 22.
* *'사랑의 온도' 서현진, 양세종 서로의 꿈 쫓다가 결별 직전 (서*
  로) 스타투데이 2017. 9. 25.

5. 와의, 과의

와의, 과의는 어찌자리토씨 '와'(과)에 매김자리토씨 '의'가 붙은
것인데, 지금 꽤 널리 쓰고 있지만 이것은 일본말 'との'를 그대로
옮긴 것이다.

'韓國との交涉'

이것을 그대로 옮기면 '한국과의 교섭'이다. 그래서

"노조위원장은 금일중으로 김 회장과의 면담을 희망하고 있다."

이런 말법에 익숙해졌지만, 이것을 우리 말법으로 하면 다음과
같다.

'노조위원장은 오늘 안으로 김 회장과 만나기를 바라고 있다.'

* *이승엽, 에버랜드 아기사자 '설이'와의 만남 (와) 스포츠한국*
  2017. 9. 18.

6. 에의

"아름다움에의 약속입니다."

어느 화장품 회사의 광고문이다. 여기 나오는 -에의도 우리 말
이 아니다. 이런 말은 실제로 쓰이지 않고 쓰일 수도 없다. 홀소리
가 잇달아 나와서 알아듣기 힘든 이런 말은 입말로 쓰일 리가 없
는 것이다. 그런데도 글 쓰는 이들이 이 말을 아무런 생각도 없이

예사로 쓰는 것은 그만큼 우리가 우리 말을 버리고 남의 나라 말과 글에 깊이 빠져 비참한 정신 상태가 되어 있음을 말해주는 것이라 할밖에 없다.

이 –에의는 일본말 'への'를 직역한 병신말이다.

"아름다움에의 약속입니다."는 우리 말로하면 당연히 '아름다움을 약속합니다'해야 될 것이다.

* 새 정부가 '일자리 창출'에의 강력한 의지를 천명한 이래로 오랜만에 신입 채용 시장에 볕이 들 전망이다. (에 대한) 파이낸셜뉴스 2017. 8. 22.
* 코지 엔지니어는 LC500이 탄생할 수 있었던 가장 큰 원동력으로 '불가능'에의 도전을 꼽았다. (에 대한, 에 맞선) 스포츠동아 2017. 9. 25.

7. 로의, 으로의

이 로의, 으로의는 '곳자리'를 나타내는 어찌자리토씨 다음에 매김자리토씨 '의'를 붙인 것인데, 앞장에 나온 에의와 똑같은 일본말 'への'를 글에 따라 이렇게 옮겨 쓴 것이 버릇으로 되었다.

* '며느리'로의 첫 명절, 나는 '시대 소속'이 아닙니다. (로) 오마이뉴스 2017. 10. 1.
* 향수옥천 포도복숭아축제, '머무는 축제'로의 전환 절실 (–로) 아시아뉴스통신 2017. 9. 27.
* 개그맨 이승윤, '피트니스 스타'로의 변신 (–로) 뉴스프리존 2017. 9. 30.

8. 에서의

이 에서의도 일본말 'からの'를 그대로 옮겨놓은 말임이 의심의 여지가 없다.

* 역사와 먹거리로 알차게 보내는 목포<u>에서의</u> 추석연휴 (→에서) 여행신문사 모모뉴스 2017. 9. 30. (이 글은 '역사와 먹거리로 목포에서 알차게 보내는 추석연휴'라고 하는 것이 매끄럽다)

9. 로서의, 으로서의

로서의, 으로서의는 일본말 'としての'를 직역한 말이다.

* 박수홍의 절친 윤정수가 특별출연해 '미운 남의 새끼'<u>로서의</u> 일상을 공개했다. (→의, →로 사는) MBN 2017. 10. 8.
* '사회적 공공물'<u>로서의</u> 역사학을 수립하자 (→로서) 오마이뉴스 2017. 9. 13.
* 특히 국민의당의 경우 지난 김명수 대법원장, 김이수 헌법 재판소장 후보자 인준 과정에서 '캐스팅 보드'<u>로서의</u> 존재감을 톡톡히 드러낸 만큼... (→로서) 뉴스1 2017. 10. 8.

10. 로부터의, 으로부터의

이 으로부터의는 일본말 'からの'를 직역한 말이다.

* 특히 석유수출기구(OPEC)<u>로부터의</u> 연료 수입 비중이 큰 편이다. (→에서) 조이스경제 2017. 10. 7.
* '정치적 세력'<u>으로부터의</u> 법관 독립을 강조했지만... (→에서) 뉴스1 2017. 9. 26.

11. 에로의

이 에로의는 로의, 에의와 같이 일본말 'への'를 옮겨 쓴 것이다.
그렇게밖에는 이 괴상한 말을 생각할 수가 없다.

　* 독일 감독 나후엘 로페즈의 '칠레 음악에로의 여행' (칠레 음
　　악) 뉴시스 2017. 8. 16..

12. –에 다름 아니다

–에 다름 아니다.

편지를 쓸 때 첫머리에 인사말을 한 다음 본문을 시작하면서 '
다름 아니옵고...'라든지 '다름 아니고...' 하는 것과, 풀이말에서 베
품꼴로 쓰는 –에 다름 아니다는 전혀 다른 말이며, 이 –에 다름 아
니다는 일본어 사전에도 나와 있는 그대로 의심의 여지가 없는 일
본말를 그대로 옮겨놓은 말이다. 우리에게는 옛날이고 오늘날이
고 이런 말이 없다.

　* 둘의 인연이 끝이 이어진 고리처럼 서로 맞닿아 있다는 시각적
　　메타포에 다름 아니다. (지나지 않는다) 오마이뉴스 2017. 10. 5.
　* 자신의 고통을 인간의 언어로 표현하지 못하는 동물의 처지
　　를 악용, 조롱한 것에 다름 아니다. (지나지 않는다) 아시아경
　　제 2017. 9. 28.
　* 요즘 말로 시간 도둑, 시간 갑질에 다름 아니다. (지나지 않는
　　다) 중앙일보 2017. 9. 28.

13. 의하여

우리 글에 자주 나오는 의(依)하여(의해, 의해서)는 일본글에 잘

나오는 'よって'를 따라 써 버릇한 것이 틀림없다.

* *가족이 위치해 있는 다른 사회제도에 <u>의하여</u> 영향을 받기도 하고 주기도 한다. (따라) 시사IN 2017. 10. 4.*
* *법관은 헌법과 법률에 <u>의하여</u>... (따라) 뉴스타운 2017. 10. 8.*

14. '속속' '지분' '애매하다'

이 속속(續續)은 『우리말 사전』에도 나와 있지만 '자꾸' '연달아' '잇달아'와 같은 우리 말이 넉넉하게 있는데도 많은 사람들이 하필 중국글자말인 이 말만을 즐겨 쓰는 까닭은 바로 일본사람들이 이 말을 많이 쓰기 때문이고, 일본글에 많이 나오기 때문이다.

* *580여 명의 사상자를 낸 미 라스베이거스 총기 난사범이 치밀하게 범행을 준비했던 정황이 <u>속속</u> 드러나고 있지만 뚜렷한 동기는 나오지 않고 있습니다. (잇달아, 자꾸) SBS 2017. 10. 4.*
* *여자친구에게 억대 자금을 송금한 사실과 대량 살상이 가능하도록 총기를 개조한 정황이 <u>속속</u> 드러났습니다. (잇달아, 연달아) MBN 2017. 10. 4.*

지분
이것도 우리 맑인 '몫'을 버려두고 일본사람들이 쓰는 말을 따라 쓴 것이다.

* *대한항공, 체코항공 <u>지분</u> 44% 현지 업체에 매각 (몫) 서울경제 2017. 10. 8.*
* *알리바바, 차이나오 <u>지분</u> 과반... "물류 네트워크 구축" (몫) 뉴스1 2017. 9. 26.*

애매하다

이 애매(曖昧)하다란 말은 본래 일본에서 만든 중국글자말은 아
니지만 일본사람들이 많이 쓰기에 따라서 쓰는말이 되어 있다. 희
미하다. 흐릿하다. 분명하지 않다. 모호하다 따위 다른 말이 얼마든
지 있으니 이 말은 안 쓰는 것이 좋다. 또 '아무 잘못이 없이 억울한
꾸중을 듣는다'는 뜻으로 쓰는 '애매하다'란 순수한 우리 말이 있으
니, 이런 순수한 우리 말을 위해서도 모호하다는 뜻으로 쓰는 애매
하다는 안 쓰는 것이 좋겠다.

 * 박해일, "인조? 나와 닮은 점 있어.. 애매한 성격 가졌다." (알쏭
   달쏭한) 조선일보 2017. 10. 6.

15. 그밖의 일본말들

축제

이 축제(祝祭)란 말은 일본말이다. 우리 나라의 제사는 조용하고
엄숙하게 지낸다. 그래서 제사 제(祭) 자 앞에 축(祝) 자를 붙일 수가
없다. 그런데 일본사람들의 제사는 시끄럽게 떠드는 행사로 치른
다. "축하의 제사"란 말부터 우리들이 해온 제사와는 전혀 다르고,
이해할 수 없는 남의 나라, 다른 민족의 전통인 것이다.

축제란 말 대신에 '잔치'란 말을 쓰자.

예술제 (예술 잔치), 문화제 (문화 잔치)

세면

세면(洗面)은 일본말이다. 얼굴을 씻는 것을 우리 말로는 '세수'
라고 하고 '세수한다'고 하지 '세면한다'고 하지 않는다. 그런데 세
면이란 말을 쓰게 된 것은 일본사람들이 하는 말을 따른 때문이
고 일본글 때문이다.

천정

천정(天井)이란 말은 중국의 고전에도 있지만 일본사람들이 쓰는 일본말이다. 우리는 '천장(天障)'이라 한다.

상담

상담(相談)이란 말도 우리 말 사전에 다 나오지만 일본말이니 '상의' '의논'으로 쓰는 것이 옳다고 본다.

16. '그녀'에 대하여

우리 나라 거의 모든 소설가들이 소설에 나오는 여자를 삼인칭으로 가리킬 때 그녀라고 쓴다. 나는 최근까지 이 그녀에 대해 좀 못마땅하다는 느낌뿐이었지 확실한 의견을 가지지는 않았다. 우리 말로 쓰는 소설에 꼭 남의 나라 말같이 남녀를 구분해서 그, 그녀로 해야 할까? 그녀는 일본말 '카노조(彼女)'를 그대로 옮긴 말이다. 그래서 우리 소설은 우리 말법을 따라 써야 하겠는데 너무 쉽게 남의 것을 따르고 있다는 생각이었다.

'그 사람'이라든지 '그 여자분'이라고 해야 옳다.

— '우리 말을 파괴하는 외래어' 가운데

16개의 꼭 알아두었으면 하는 이오덕 선생의 잘못된 일본말에 빗대어 2017년 우리 사회에서 볼 수 있는 사례를 직접 찾아 달아보았다. 아마 많이 놀랐을 것이다. 우리 생활에 녹아있는 외래어가 이렇게 많은 것이다. 말과 글을 의식하며 쓰는 노력이 필요할 때다.

CHAPTER 41

서양말의 지배
– 신문, 방송 병든 말

이오덕 선생의 서양말에 대한 말씀을 마지막으로
옮기고자 한다.

직접 찾아 덧붙인 사례는 잘못된 서양말의 이해에 도움이 될
것이다.

우리 글은 바르게 못 써도 부끄러운 줄 모르면서 영어는 글자 한
자 잘못 쓰면 크게 수치스러워한다. 이것은 교육이고 정치고 문화
고 제 갈 길을 가지 못하고 있기 때문이다. 그리고 우리의 마음속
에 오랜 세월 길들여진 종살이본성을 뿌리째 뽑아버리지 못한 때
문이다. 걸핏하면 외국손님 보기에 부끄럽다는 식으로 말하는 버
릇도 우리가 마치 외국 사람들 위해 살고 있는 것처럼 알고 있는
종살이본성에서 나온 말이다...... (중략)

1945년부터 오늘날까지 45년 동안 미국군이 주둔한 남한의 역사를 말의 역사로 보면 영어가 지배한 역사라 할 수 있다. 그것은 일제 36년의 총독정치가 일본어에 지배다한 역사였던 것과 같다.

일본어에 지배된 역사보다 영어에 지배된 역사가 거의 10년이나 더 길어졌지만, 지난날을 돌아볼 때 영어란 것이 우리 국민 전체가 쓰고 있는 말글 속에서는 중국글자말이나 일본말만큼 큰 힘을 나타내고 있지는 않았다고 볼 수 있다. 그 첫째 이유는, 8.15 직후 몇 해를 제쳐놓고는 미국이 직접 우리를 통치하지는 않았기 때문이다. 그래서 영어에 지배된 이 동안에도 일제시대와 다름없이 중국글자말과 일본말이 계속 순수한 우리 말을 압도해서 우리의 삶을 움직여왔기 때문이다. 그리고 두 번째 이유는, 영어란 것이 이 땅에서는 워낙 그 말의 본고장과는 거리가 멀어, 문화며 풍물들이 다른 데다가 말법 또한 너무 다르기 때문이다.

– '우리 말을 파괴하는 외래어' 가운데

1) 영어 문법 따라 쓰는 '–었었다'

서양말법이 일본말을 거치지 않고 직접 우리 말에 스며들어온 보기는 거의 없는 중 오직 한 가지 들 수 있는 것이 우리 말에 맞지 않는 영어의 때매김(時制)을 흉내 내어 쓰는 것이다.

움직씨(동사)에서 지난 때를 나타낸 도움줄기(보조어간) "었"(았)을 두 번이나 겹으로 쓴 것은 우리 말법에 없는 잘못이며, 우리 말의 자연스러움과 아름다움을 파괴한다. 어째서 이런 글을 쓸까? 신문기사고 소설이고 수필이고 동화고 어른들이 이렇게 쓰니까 아이들까지 본받게 되고, 일상의 말까지 따르는 경향이 있다.

이 었(았)었다가 나오는 경우를 살펴보면 거의 아무런 원칙이 없으며, 전혀 우연히 나온다. 그럴 수밖에 없는 것이, 이런 말법이 우리에게는 없기 때문이다. 다만 제멋대로 썼다는 느낌밖에 들지 않는 말버릇, 그러면서 꽤 널리 퍼져 있는 이 글 버릇을 어떻게 풀이해야 할까?

이것은 짐작하기에 어렵지 않다. 영어 공부를 한 사람들이 영어 문법을 따라 글을 쓰기 때문이고, 그런 영어흉내를 낸 글을 또 따라서 쓰기 때문이다. 다른 자리에서도 말했지만 하필 이 **였(았)었 다**뿐 아니고 우리나라에서 글 쓰는 사람들은 될 수 있는 대로 일상에서는 쓰지 않는 말, 새로운 말, 유식한 말이나 말투를 쓰고 싶어하는 심리에 사로잡혀 있다.

– '우리 말을 파괴하는 외래어' 가운데

* *21일 jtbc '썰전'에서는 최근 국정원이 발표한 MB 블랙리스트에 대한 이야기가 <u>오갔었다</u>. (오갔다) CBC뉴스 2017. 9. 29*
* *또한 피해자들의 집에서 굿을 <u>했었다는</u> 암시를 하는 증거들이 있는데...(했다는) 오마이뉴스 2017. 10. 10*
* *제가 표결을 전후로해서 국민의당 의원들을 다 <u>만나보았었는 데</u> 표결 전에는...(만나보았는데) YTN 2017. 9. 23.*
* *GOR 협상을 제안하며 중재에 나설 뜻이 있다고 밝혀 관심을 <u>모았었다</u>. (모았다) 서울신문 2017. 9. 26.*
* *그리 오래지 않아 아버지께서 돌아 오셨는데 안채에 있던 우리 는 아버지 오신 줄도 <u>몰랐었다</u>. (몰랐다) 매일신문 2017. 10. 10.*
* *"여기에 있을 때에도 항상 남을 돕는 일에 <u>앞장섰었는데</u>..." (앞 장섰는데) 연합뉴스 2013. 8. 7.*
* *미국, 두 차례 대북 핵 공격 준비<u>했었다</u>. (했다) 세계일보 2017. 9. 29.*

* 핵시설 정밀 타격을 검토하는 등 군사적 긴장이 최고조일 때 방북해 김일성 주석과 <u>만났었다</u>. (만났다) 아시아경제 2017. 10. 10.
* "삼성이 그 만큼 치밀하다" <u>말했었다고</u> 증언했습니다. (말했다고) 채널A 2017. 6. 5.

2) 쓰지 말아야 할 말

안 써도 좋은 서양말, 쓰지 말아야 할 서양말들이 너무 많이 쓰이고 있다. 이런 말들은 모두 알맞은 우리 말로 바꿔 써야 한다.
* 10월 3일 직장인 <u>레크리에이션</u> 대세는 이것 (놀이, 오락) 경향신문 2017. 10. 3.
* 신고리 5, 6호기 시민참여단 478명, 첫 <u>오리엔테이션</u> 참석 (예비교육) 아시아경제 2017. 9. 16.
* 또한 차내 구석 구석에는 작은 액자로 멋진 소나무의 <u>일러스트레이션</u>이 있습니다. (삽화, 그림) 오마이뉴스 2017. 10. 10.
* 코스닥 상장 <u>러시</u>..4분기에도 대어급 줄줄이 대기 (성행, 유행) 파이낸셜뉴스 2017. 10. 9.
* 메가박스, '한글날, 혹시 잊지는 않으셨습니까? <u>캠페인</u> 진행 (운동) 서울경제 2017. 10. 10. ('한글날' 소식을 전하면서 '캠페인'이라는 말을 쓰다니)
* 현대백화점, 세계패션그룹 자선<u>바자회</u> 개최 (자선시장, 자선모임) 연합뉴스 2017. 10. 8.
('바자회'가 자선시장이다. '자선자선'중복이 되어버린다)
* 김수미, '언니는 살아있다' 하차 – 특별출연..."<u>피날레</u> 장식" (마지막, 끝) 스포츠동아 2017. 10. 10.

* 환자들이 뼈주사에 대해 들은 것은 '신문, 뉴스, 인터넷 등의
<u>매스미디어</u>'가 40%로 가장 많았고...(대중매체) 파이낸셜뉴스
2017. 10. 8.
* 동아시아의 패권이 중국으로 넘어갈 경우를 상정한 <u>어드바이</u>
스였다. (충고, 도움말) 중앙일보 2017. 10. 10.
– '우리 말을 파괴하는 외래어' 가운데

지금까지 이오덕 선생의 《우리 글 바로 쓰기》를 바탕으로 우리 말이 얼마나 오염되었는지를 살펴보았다. 사례를 찾아 넣다 보니 오염이 너무도 심각하다는 것을 발견할 수 있다. 이 글을 읽는 사람들도 생활 속 말과 글에서 잘못 쓰고 있는 말을 바로 잡으려는 노력을 하길 바래본다. 그것이 우리가 함께 더 밝은 미래를 만드는 길이라 믿는다.

CHAPTER 42

부끄러운 내 언어 생활

나는 그동안 언어만큼은 자신 있다고 생각했다.

　말과 글에 어느 정도 타고난 감각이 있다고 믿었고, 남들보다 바르게 쓴다 자신하고 있었다. 신문, 방송을 볼 때면 잘못 쓰는 말들을 곧잘 알아채기도 했다. (물론 입 밖으로 내 지적하진 않았다) 어느 날 내가 좋아하는 유시민 작가의 책에서 이오덕 선생이 쓴《우리 글 바로 쓰기》에 대한 내용을 보았다. 한번 쯤 읽어보라는 권유와 함께. 나는 총 5권으로 구성된 선생의 책 중《우리 글 바로 쓰기1》을 사서 읽었다. 충격이었다. 부끄러웠다. 나는 그동안 얼마나 우리글을 잘못 쓰고 있었던 것인가. 헤아릴 수 없었다. 입으로 내뱉는 말부터 쓰는 글까지. 온통 중국글자말과 일본말 그리고 서양말들까지 무분별하게 쓰고 있는 나를 발견했다.

그동안 내가 주의해서 쓰던 말은 아주 작은 부분에 불과했다. 아직까지 나는 선생의 깊은 가르침을 다 이해하지 못했다.

선생은 겸손하게도 면허증도 없는 돌팔이 의사에 빗대어 자신을 낮추고 한번쯤 귀담아 들어주기를 바라고 있다. 우리는 지난 천 년 동안 끊임없이 남의 나라 말과 글에 우리말을 빼앗기고 살았다. 아쉽게도 그 역사는 지금까지 흘러오고 있다.

지금까지 써왔던 내 말과 글에는 남의 나라 것이 많이 섞였음을 알 수 있었다. 유식한 척하려 한자어를 남발했으며 무식함을 모르고 일본말을 써왔다. 이 책을 보며 다행히도 깨닫게 되었다. 선생의 말처럼 우리가 이 모든 잘못된 말과 글을 한 순간에 바꿀 수는 없다. 하지만 조금씩 바꾸어가야겠다는 의지가 있으면 가능하다. 무식함을 알고 난 후 이전에 썼던 내 원고를 보니 부끄럽기 짝이 없다. 누군가는 이야기한다. "의미만 통하면 되지 그걸 어떻게 다 생각하고 써?" 물론 그렇게 생각할 수 있다. 요즘 시대에 중국글자말, 일본말 그리고 서양말을 섞어 쓰거나 온전히 그 말들만 쓴다고 뭐라고 할 사람도 없다. 오히려 유식하다 인정받을지 모른다. 하지만 그 속에 무서움이 있다. 언어는 그 민족의 얼을 반영한다. 일제강점기 시절 왜 그들이 창씨개명을 하게 하고, 우리 말과 글을 말살시키려 했는지를 생각해보면 알 수 있다. 몸을 구속하는 것보다 말과 글을 빼앗아 생각의 표현을 억압한다는 것이 그들이 바라는 온전한 노예가 됨을 먼저 알고 있었던 것이다.

　지금 이 순간에도 우리가 갈 길은 아직 멀다고 느낀다. 시청률이 꽤 높은 jtbc 방송 《썰전》에 나오는 한 토론자만 봐도 그렇다. 그가 말하는 내용 중 상당수는 남의 나라 말이다. 예를 들면 이렇다.

> *"범법자를 양산하지 말고 잘 하면 되는데…"*
> *"이런 것은 온당치 않다."*
> *"법안을 자꾸 유예하는 이유도…"*
> *"그럴 필요 없다는 것은 당위고 규범인데…"*

　우리 말로 쉽게 풀어 할 수 있는 것을 어려운 한자어를 써가며 이야기한 것이다. 시청자들 지식수준의 높고 낮음을 떠나 이 말은 이해가 가지 않는다. 어려운 말, 남의 나라 말, 근본이 없는 말을 훌륭하고 유식한 말이라고 생각하는 태도에서 벗어나야 한다. 이 문제를 깊게 생각하고 그동안 무심코 썼던 말들, 잘못된 표현들에 대해 고치려 노력하니 바른 글이 눈에 보이기 시작했다. 우리 글로 바꾸니 글이 더욱 매끄럽고 아름다워졌다. 여전히 부족하지만 조금씩 고쳐나간다면 바른 글쓰기는 누구에게나 가능한 일이 아닐까?

　우리는 그동안 외국문물의 찌꺼기 속에서 잘못된 글을 써왔고, 지금도 여전히 잘못 쓰고 있다. '얼마나 좋은 글을 쓰겠다고 힘들게 사느냐'하는 생각에 '되는 데로 쓰자'고 생각한다면 글쓰기의 격을 절대 높일 수 없다. 기회가 닿는 대로 서로가 잘못을 알려주고 충고하고 바로 잡아 나갈 때 우리 글과 말이 살아나는 것이다. 말과 글이 살아야 정신이 살고 정신이 살아야 나라가 살아남을 기억하자.

작가로서의 삶을 시작하는 사람들에게
글쓰기 재능을 연마하기 전에 뻔뻔함을
기르라고 말하고 싶다.

- 하퍼 리

CHAPTER 43

된 사람의 말과 글

성공 브랜드 유형에는 세 가지가 있다.

'든 놈, 난 놈, 된 놈' 여기서 말하는 놈은 한자로 '者', 즉 사람을 뜻한다. '든 놈'은 다양하고 깊이가 있는 정보가 있는 사람이라 하겠다. 그 정보는 대부분 객관적이어서 많은 사람들의 동의를 얻는데 유리하고 합리적인 선택을 하는 것에도 도움을 준다. 합리적인 선택은 든 놈에게 이익을 가져다주기도 한다. '난 놈'은 팔방미인 형으로 여러 방면에 골고루 재주를 가지고 있는 사람이다. 누군가로부터 닮고자 하는 이상형으로 인정을 받기도 한다. 재주가 많은 난 놈도 세상에서 성공한 사람이 될 수 있다. 그리고 '된 놈'은 뚝심 있게 공공의 가치를 위해 노력하는 사람이라 하겠다. 요즘 많은 사람들이 소통에 대해 이야기한다. 개개인

의 생각과 마음의 감정이 서로 통하고 위로 받아야 진정한 행복
이 아닐까? 지, 덕, 체를 두루 갖추어 친근한 이미지로 늘 우리 곁
에 머물러 서로 힘을 합칠 수 있게 해주는 사람이 진정한 '된 놈'
이라 하겠다. 세 가지 유형 모두 매력적이지만, 그 중 나는 된 놈
을 원한다. 사람을 이끄는 지도자는 사람을 향한 따뜻한 지식으
로 대안 없는 비판이 아닌 방향을 제시하는 된 사람이어야 한다.
지금은 소통의 시대다. 소통에 어려움이 있는 사람은 리더가 될
수 없다. 말과 글은 가장 기본적인 소통의 도구다. 특히 글은 한
사람의 생각을 고스란히 담아 역사에 남게 된다. 다른 사람이 쓴
글은 내 생각이 될 수 없다. 내 생각을 내가 표현할 줄 알아야 한
다. 된 놈은 소통이 되는 따뜻한 글을 쓴다. 된 놈은 소통에 갈망
하는 사람들을 설득할 줄 안다. 설득은 곧 말과 글에서 나온다.
글 한 줄에도 생각과 방향을 다 나타낼 수 있다. 인간은 혼자서는
결코 살아갈 수 없다. 결국 다른 사람과 더불어 살아가야 하는데
그때 가장 기본이 되는 것이 바로 소통이다. 소통을 중요하게 여
겨 아직도 많은 사람들에게 영향을 주고 계신 된 분들 중에 김대
중, 노무현 그리고 문재인 대통령을 감히 꼽고 싶다. 그 분들의
말과 글에는 설득과 논리, 그리고 철학이 담겨있다. 그분들의 연
설을 글로 옮겨보았다.

"영남과 호남, 모두에서 지지받을 수 있고 동과 서를 하나로 합
쳐서 광주에서 콩이면, 부산에서도 콩이고, 대구에서도 콩입니다.

옳고 그름을 중심으로, 인물과 정책을 중심으로 해서 그렇게 정치를 해 나갈 수 있는, 그래서 국민들에게 봉사할 수 있는 새로운 정치를 이 노무현이 열겠습니다. 도와주십시오!" — 노무현 대선 후보 거리 유세 가운데

"마음으로부터 피맺힌 심정으로 말씀드립니다. 행동하는 양심이 됩시다. 행동하지 않는 양심은 악의 편입니다." — 김대중 대통령 연설 가운데

"저는 먼저 80년 5월의 광주시민들을 떠올립니다. 누군가의 가족이었고 이웃이었습니다. 평범한 시민이었고 학생이었습니다. 그들은 인권과 자유를 억압받지 않는 평범한 일상을 지키기 위해 목숨을 걸었습니다. 저는 대한민국 대통령으로서 광주 영령들 앞에 깊이 머리 숙여 감사드립니다. 5월 광주가 남긴 아픔과 상처를 간직한 채 오늘을 살고 계시는 유가족과 부상자 여러분께도 깊은 위로의 말씀을 전합니다. 1980년 5월 광주는 지금도 살아있는 현실입니다. 아직도 해결되지 않은 역사입니다. 대한민국의 민주주의는 이 비극의 역사를 딛고 섰습니다......" — 문재인 대통령 5.18 기념식 연설 가운데

오늘날의 리더는 부여받은 권력을 이용해 힘으로 제압하는 방식으로는 더 이상 나아갈 수 없다. 국가 지도자처럼 큰 집단이 아니어도 마찬가지다. 이제는 진심을 다해 말하는 사람, 설득할 수 있는 글을 쓰는 사람이 인정받아야 한다. 우리는 탄핵 당한 전임 대통령의 진심 없는 대국민 사과문과 기자들의 질문에 뒤도 돌

아보지 않고 나가는 참담한 모습을 지켜봐야 했다. 리더의 그러한 모습에 고통 받는 것은 결국 국민들이었다.

　나는 든 놈, 난 놈 보다는 된 놈이 좋다. 말과 글을 통해 문제를 해결하고 원활하게 소통하는 된 놈. 된 놈이 쓰는 글은 자기 생각을 자기 스스로 쓸 줄 아는 것에서 출발한다. 지금 시대의 리더는 말을 하고 글을 쓰는 사람이다.

　지금까지 말과 글의 모든 것에 대해 알아보고 어떻게 쓰는 글이 좋은 글인지에 대한 생각을 있는 그대로 적었다. 우리가 쓴 글은 어떤 식으로든 남아 기록이 되며 역사가 된다. 좋은 글, 바르게 쓴 글은 그 사람을 돋보이게 만든다. 여러분들도 화려한 글이 아닌 담백하고 솔직하며 간결한 글을 통해 격을 높이기를 바래본다.